天天向上
献给孩子的成长必读书

U0627834

JIFAHAIZIXIANGXIANGLIDE
FAMINGCHUANGZAOGUSHI

激发孩子想象力的
发明创造故事

张　晶　编著

哈尔滨出版社
HARBIN PUBLISHING HOUSE

图书在版编目(CIP)数据

激发孩子想象力的发明创造故事/张晶编著.—哈尔滨:
哈尔滨出版社,2010.9
ISBN 978-7-5484-0204-6

Ⅰ.①激... Ⅱ.①张... Ⅲ.①儿童文学 – 故事 – 作品
集 – 世界 Ⅳ.① I 18

中国版本图书馆 CIP 数据核字(2010)第 103273 号

书　　名:激发孩子想象力的发明创造故事
作　　者:张　晶　编著
责任编辑:张凤涛　陈延军
责任审校:陈大霞
装帧设计:恒润设计

出版发行:哈尔滨出版社(Harbin Publishing House)
社　　址:哈尔滨市香坊区泰山路 82 – 9 号　　邮编:150090
经　　销:全国新华书店
印　　刷:黑龙江省文化印刷厂
网　　址:www.hrbcbs.com　　www.mifengniao.com
E – mail : hrbcbs@ yeah. net
编辑版权热线:(0451)87900272　87900273
邮购热线:(0451)87900345　87900299　87900220(传真)　或登录蜜蜂鸟网站购买
销售热线:(0451)87900201　87900202　87900203

开　　本:787 × 1092　　　1/16　　　印张:16　　　字数:240 千字
版　　次:2010 年 9 月第 1 版
印　　次:2010 年 9 月第 1 次印刷
书　　号:ISBN 978-7-5484-0204-6
定　　价:24.80 元

凡购本社图书发现印装错误,请与本社印制部联系调换。　服务热线:(0451)87900278
本社法律顾问:黑龙江佳鹏律师事务所

目录

第一章 "魔药"与巧克力

第二章 维持生命的营养素

第三章　从飞上蓝天到飞向天空

第四章　一次游戏与圆顶建筑

第五章　"秘密情报"与原子弹

第一章
"魔药"与巧克力

织布的梭子与缝纫机

在美国的一家织布机械公司里,有一个人名叫哈威。哈威由于家底儿薄,又有三个孩子,生活非常贫困,他不得不为生活奔波。

妻子也不例外,每天除了纺纱、织布外,还要洗衣服、做饭、照顾孩子,尤其是那些似乎永远也补不完的衣服,更是令人苦恼。哈威很体贴妻子,一些粗活、重活,他都抢着去干。可是像补衣服这样的细活,他就帮不上忙了。

看着一天天消瘦的妻子,哈威看在眼里,疼在心上。他在心里想:"要是有一台像手一样能缝衣服的机器,该多好啊!"

每当妻子缝衣服时,他就仔细端详她的动作。他苦苦地思索着,可是,半年下来,仍是一筹莫展。

这天下午,他觉得闷得慌,就索性去公司转一转。他观察织布工手里织布的梭子,发现梭子在纵横交错的线中穿来穿去。他的眼前一亮:"如果针孔不是开在针柄上,而是开在针尖上,这样,即使针不全部穿过布,也能使线穿过布,并且在布的背面就会出现一个线环,然后,再用一个带引线的梭子穿过线环,不就能达到缝纫的目的了吗?"

"我有缝纫机喽!我有缝纫机喽!"他高兴得一跳多高,边喊边往家里跑。

到家以后,哈威就全身心地投入到对缝纫机的研究中。他经过反复试验,终于发明了世界上第一台缝纫机。

# 小厨师与肥皂

很久很久以前的一天,古埃及的国王胡夫要举行盛大宴会,他的厨师们忙得像热锅上的蚂蚁,个个团团乱转。有一个才十几岁的小厨师,也和大人们一样,天一亮就起床,一直忙到天黑,累得头昏眼花,眼皮直打架,一不小心,一脚把灶下的一盆炼好的羊油踢翻了,全部浇在炭灰里。

"糟了,这可怎么办呀?"他吓得浑身发抖,不知所措。

他怕被人发现,就急忙把混有羊油的炭灰一把一把地捧起来,扔到外边。然后,就赶快去洗手,他洗着洗着,忽然发现手上竟然出现了一些白糊糊的东西。

"这是怎么回事呢?"他感到非常奇怪,又去把手洗了洗,结果洗过的手比以前干净多了。

"快来看呀,我发现好东西啦!"他高兴地喊了起来。到底是孩子,竟忘记自己刚做了错事:"给你们用这个洗手。"

"用这东西洗手,不是把手都弄脏了吗?这孩子是不是累坏了?"大伙儿跑出来,在心里这样想着。可是,一个个还是学着他的样子,用那种白糊糊的东西把手洗了洗,大家不禁睁大了眼睛:手不但没弄脏,反而干净多了,效果特别好。国王知道了这件事,他看着小厨师的手吃惊地问:"你的手这么干净是怎么回事?"小厨师不敢说谎,就说出了事情的真相。

国王不但没有责备他,还叫他再试试。小厨师重新把羊油和炭灰捏成一个个小团,让国王洗洗看。国王洗后非常满意,立即传下圣旨,让这种"小团团"在全国推广使用。

小厨师发明的小团团,就是现在的肥皂。

垂钓与西服

你知道西服的来历吗？它的诞生与发展，与贵族的兴趣爱好有密切的关系。

第一个发明西服的人是贵族青年菲利普。

菲利普特别爱好垂钓。有一次，他随渔民到大海里钓鱼，兴致勃勃地将钓钩投到了大海中，然后静静地观察着水里的动静。一会儿，一条大鱼上钩了。他激动地拉紧钓竿，慢慢地，活蹦乱跳的大鱼露出了水面。"啪"，他使劲地用力一拉，大鱼被扔进了船舱。与此同时，由于用力过猛，菲利普身上穿的紧领多扣的服装被拉坏了，扣子掉了两颗。出身于贵族的菲利普看了看身边的渔民，虽然他们钓了好多鱼，可是，由于他们穿的是一种扣子少、敞领子的衣服，捕鱼作业非常方便，扣子一个也没掉。

菲利普回家以后，立即叫裁缝仿造渔民的衣服，设计出了一种新服装——西服。从此，这种新式服装渐渐流行开来。

第一个给西服后面开衩的是约翰。

约翰是英国伦敦的一个贵族的马车夫。当时，贵族们为了显示自己的身份，让自己的马车夫也穿西服。可是，约翰在赶车时穿西服实在不方便，因为衣服前襟短后襟长，每一次赶车都会把后襟坐皱，回来都要熨烫一番，很麻烦。他想，能不能设计制造出一种不用频繁熨烫的西服呢？经过认真思考，他决定在西服的后襟剪一条线，开一个小衩，这样，不仅上马下马很方便，而且不会把西服坐皱。

约翰的主人是个很赶时髦的贵族，看自己的车夫穿这种西服很方便，而自己经常骑自行车，也需要这样一种方便上下的、不会被坐皱的西服，便立即请裁缝为自己做了这样的西服。于是，英国的贵族开始穿这种后面开衩的西服。

第一个给西服袖口加扣子的是"贵族之首"——普鲁士国王。两百多年前，普鲁士国王腓特烈二世野心勃勃,一心想发动战争,侵略其他国家,称自己是军事"天才"。有一次,他在检阅军队时发现,士兵们的袖口很脏,油光发亮。便十分生气地大声问起来:"这是怎么回事?你们还懂不懂什么叫卫生,什么叫军容?"

一个军官见了,连忙跑到国王的面前,说:"报告国王,士兵们在前线打仗非常辛苦,汗流浃背也来不及擦汗。即使在平时训练时,士兵们也往往没有时间掏手帕来擦汗,所以只好用袖口来擦一擦了。请陛下原谅。"

"嗯。"国王点了点头。回到王宫,他想,这样总不是个办法,袖口那么脏,多影响形象啊!后来,他想出了一个办法:在袖口上缝制几个金属纽扣。这样,士兵们即使大汗淋漓也不会经常用袖口来擦汗了,因为擦起来很不舒服,稍不注意还会被金属扣子划破脸皮。从此,士兵的袖口就不再脏兮兮的了。

后来,贵族们见袖口上加扣子美观大方,便纷纷仿效。从此,西服袖口上的扣子从贵族流传到了民间。西服也逐渐在世界各地流行起来。

一次演讲会与维他奶

1937年秋天的一个晚上，罗桂祥因业务关系到上海办事，参加了上海青年会举办的一个晚会。

晚会上，第一个上台演讲的是一个外国人——美国驻南京的商务专员，名叫朱利安。他说："我今天演讲的题目是'大豆——中国的乳牛'"。话音刚落，台下就爆发出一阵雷鸣般的掌声……

大家都为他这个形象生动的比喻而喝彩。

"在中国，牛奶属于珍品，多数人无缘饮用。但中国人口仍然维持增长，这完全归功于大豆。蛋白质丰富的大豆取代了乳牛的地位……"朱利安的演讲，赢得了一阵又一阵的掌声。

坐在台下的罗桂祥听了这个演讲，更是心潮澎湃。

"何不利用'中国乳牛'来制'奶'呢?"他的心里像划过一道闪电。

外国人的演讲，成为他一生事业的转折点。

1939年，他和四个友人集资成立了香港豆品公司。他大胆创新，经过多次试验，"维他奶"终于研制成功了。

后来，经过几十年的不断实践，不断改进，维他奶成为人们青睐的饮品，成为香港最畅销的饮料之一，走上了普通大众的餐桌，并远销世界二十几个国家。

"掺假"与圣代冰淇淋

在炎热的夏天,吃冰淇淋是件惬意的事。可是,在很久以前,人类并没有制冷设备,那么,人们是怎样吃上冰淇淋的呢?流行一时的圣代冰淇淋又是怎样产生的?

在我国唐宋时期,人们发现制造火药的硝石溶解于水时会吸收大量的热,使水降温,甚至结冰。于是,人们将糖和一些香料放到水里,并不断地增加硝石,使这些水结冰,终于在夏天能吃上又甜又可口的冰块儿了。到了元朝,意大利人马可·波罗来到中国,学会了这种制冰技术并带回了意大利,使意大利人在夏天喝上了冰凉的饮料。

15世纪,法国的一位皇后卡特琳特别爱喝这种冰凉的饮料。她的厨师在制作时别出心裁,加上了奶油、牛奶和各种香料,并在冷冻的半固体状态下刻下美丽的花纹,这便是世界上最早的冰淇淋。意大利商人卡尔罗为了吸引顾客,把冰淇淋做成了黄、绿、白等颜色,于是有了"三色冰淇淋"。后来,美国的商人史密森又"创造"了别具一格的"圣代冰淇淋"。

那是一个轻松愉快的星期天,天气炎热,史密森的冰淇淋店的生意也因此特别兴隆,人们排着长队购买冰淇淋。

"老板,冰淇淋不多了,只有些还没加工的冰块儿。"店里的伙计向老板史密森小声说。

"什么?卖完了?"史密森又惊又喜,连忙说,"再弄些呀,不能眼看着发财的机会溜走了。"

"这……"伙计为难了。

"瞧,用这个代替。"史密森灵机一动,在剩余的冰块中掺进了一些巧克力和水果汁,并把它搅拌均匀,成为一种色、香、味与众不同的冰淇淋。当史密森战战兢兢地把"掺假"的冰淇淋售给顾客时,想不到他们赞不绝口,称赞这种新产品既好看又好吃。

第二天，一些顾客还排着队要购买昨天的那种冰淇淋。

史密森见了，大喜过望，立即按照昨天的配方，专门生产这种冰淇淋，并给它起了个名字，叫"星期天冰淇淋"，以纪念星期天给自己带来的财运。可是，想不到名字一公布就遭到了教会的反对，说这一天是耶稣安息日，用这个名字是对耶稣的亵渎。史密森这才将名字改成了"圣代冰淇淋"。

尽管现在有了各种各样的冰淇淋，但是，史密森的圣代冰淇淋仍然是人们非常喜爱的一种冰淇淋。

"掺假"与圣代冰淇淋

树胶与口香糖

多年前的一天，美国摄影师托马斯·亚当斯的家里来了一位墨西哥客人，名叫桑塔安纳，他把一包人心果树胶递给了亚当斯。

"这是人心果树胶，能不能用它来制橡胶呢？"桑塔安纳一边谈着他的构想，一边把人心果树胶放到嘴里不停地嚼着。

亚当斯的儿子霍雷肖非常好奇，趁客人不注意时，也拿了一块树胶放进嘴里嚼了起来。"唉，一点儿味道都没有。"嚼了几下，他觉得没有什么意思，就吐了出来。

几天后，桑塔安纳发现，与亚当斯合作的事已成为泡影，非常失望，便留下那包人心果树胶，不辞而别了。

不久后的一天中午，亚当斯走在街上，无意中看见一个小姑娘嘴里在不停地嚼着什么，他觉得好奇，就走上前问："小姑娘，你嘴里嚼的是什么东西呀？"

"是石蜡。"小姑娘张开嘴巴，甜甜地说。

桑塔安纳嚼人心果树胶的情景，立即出现在亚当斯的眼前。

"能不能用人心果树胶来制口香糖呢？"他将自己的想法和儿子一说，两人一拍即合。

当天晚上，父子俩就找回那包被遗忘的人心果树胶，立即投入了口香糖的研究中。亚当斯父子俩经过精心研制，用人心果树胶来制造口香糖的实验终于成功。后来，他们不断改进，在树胶中添加了各种香料，从而研制出各种不同香型的口香糖。

从此，风靡全世界的口香糖就在一位摄影师的手中诞生了。

"企领文装"与"中山装"

  像西服在西方流行一样,中山装从 1923 年诞生以来,一直是我们国家男子非常爱穿的服装。那么,"中山装"为什么能在我国风行一时,又是谁设计的呢?它的设计者就是中国民主革命家孙中山先生。

  孙中山先生在广州就任大元帅时,有一天,他把一直投身于革命的服装设计师黄隆生找来:"我想请你设计一套新的服装,以体现我们革命党的精神风貌。"

  "大元帅,您有什么想法或要求呢?"曾开过洋服店的黄隆生毕恭毕敬地问。

  孙中山心中早有打算,立即和盘托出自己的想法:"你想一想,我们中国人穿这种长袍大褂,穿了几千年,该改一改了。"

  "是啊,这种服装是老夫子才穿的,长袍子,后面还拖着一个大辫子……"黄隆生看到气氛非常轻松,就笑着说,"这种服装很古板,行动也不便。"

  "服装是一种文化,一种民族精神,我们革命也要从革服装的命开始啊!"孙中山停了停,继续说,"打倒了皇帝,也要打倒束缚我们世世代代的旧服装。"

  后来,孙中山特别提出,不要完全照搬西服的式样,那样太崇外,要设计出有我们自己特色的服装。他经过广泛的调查和研究,决定以当时在南洋华侨中很流行的"企领文装"的上衣为基本式样。

  "请问大元帅,在具体的样式上,您有什么要求?"在中山装的制作过程中,黄隆生详细地征询孙中山的意见。

  "在企领上加一个翻领,以代替西装衬衣的硬领,这样,一件上衣就兼有西装上衣、衬衣硬领的作用了。"孙中山停顿一下说,"再把企领上衣的三个暗口袋改成四个明口袋,下面的两个明口袋可以制成琴袋式的。"

  "哇,口袋真多啊!"黄隆生有些不解地说。

"多吗?多了才可以多装东西。"孙中山大声说,"革命刚刚开始,我们需要不断学习,改革衣袋就是为了让我们的同志在衣袋里能多装一些书本、笔记本等学习和工作的必需品。在衣袋上加个软盖儿,那是怕我们的同志稍有不慎会掉物品,既可惜又浪费。"

堂堂大元帅为一件服装想得竟然是那样周到。可见,他在改革服装上的用心良苦。

后来,孙中山又设计了中山装的裤子:前面的开缝用暗纽扣,左右各有一个暗口袋,前面有一个小的暗口袋,那是方便装怀表的,右臀部的后面还有一个暗口袋,用一个软盖儿盖上。这样的裤子穿起来很方便,如果携带一些必需品也是很适用的。

几个月以后,由孙中山先生精心设计、黄隆生制作的世界上第一套中山装终于诞生了。中国人也从此摆脱了"长袍大褂"的束缚,渐渐显现出时代的特征。

黄泥巴与陶器

我国春秋时期,有个做官的人,名叫范蠡。他看透了国君的为人,便毅然决然地离开官场,退隐江湖,隐居在江苏宜兴的一个小村庄里,和当地的百姓一样,过着日出而作、日落而息的平凡生活。

有一天清晨,范蠡起了一个大早,急急忙忙吃完饭,就拿起农具匆匆上路了。天刚蒙蒙亮,他就来到村外的黄龙山上,想在这里开荒种田。他发现,这里的泥土与别处的泥土有所不同,又细又黏,非常特殊。他一边挖地,一边思索着。

突然,他眼前一亮:"要是能用这些泥土捏成各式各样的泥坯,再用火烧一烧,不就能变成有用的东西了吗?"他包了一包泥土,一口气跑到家里,经过试验,果然不出所料,效果不错。于是,他高兴地围着村庄边跑边喊:"我找到吃饭的路子啦!我找到吃饭的路子啦!"

村民们听到喊声纷纷跑了出来,望着那荒山秃岭、满山遍野的黄泥巴,村民们疑惑不解,还以为他疯了呢,异口同声地问:"黄泥巴怎么能当饭吃呢?"

"黄泥巴不能吃。但是,用它做出来的东西,不就能换饭吃了吗?"范蠡将自己的想法一五一十地说了出来,村民们听后,非常高兴,一起和范蠡琢磨起来。他们用黄泥做成各式各样的盆、缸、罐、碗、杯等,并在黄龙山下建起一座火窑,然后把这些土坯放在窑里烧。烧好以后再慢慢冷却,这些土坯就变成了各种既好看又耐用的陶器,变成一件件深受人们喜爱的日用品、工艺品。

 # 吃章鱼与凹形鞋

20世纪50年代,日本的体育运动正在蓬勃兴起。市场上各种各样的运动鞋成为热销商品。

当时,一个名叫鬼冢喜八郎的人很会捕捉商机,他看到运动鞋的需求量越来越大,心想:要是能制造一种独特的运动鞋,一定能占有市场。

可是,他转而又想:自己一无人力,二无财力,怎么能和实力雄厚的大公司竞争呢?

有一次,他应朋友之邀去观看一场篮球赛。他便询问选手们运动鞋还存在哪些缺点,以及对运动鞋有什么要求。选手们一致认为,现在的运动鞋止步不稳,容易打滑。

"对,集中目标,专门研究篮球运动鞋,只有采取这种集中目标攻关的做法,与大公司竞争才有可能。"

于是,他开始研究篮球运动鞋。为了体验各种鞋的效果,他还经常和选手们一起打篮球,发现这些鞋在运动时,不能随时止步,这造成投篮不准。他便对鞋底的花纹进行了细致的研究。

"怎样的花纹才能不打滑呢?"他整天苦思冥想。

他四处走访,甚至对急刹车时的汽车轮胎也作了一番研究。可是几个月下来,他也没想出什么好办法,心里非常苦恼。

一天中午,他来到一家海鲜馆,买了一盘章鱼,在吃章鱼时,他发现章鱼的腕足内侧有个大吸盘,眼前一亮:"把鞋底做成吸盘式的,不就可以随时止步了吗?"后来,他通过学习得知乌贼、水蛭等动物的身上都有吸盘器官,依靠它可以使自己附着在其他动物身上。他对动物身上的吸盘有了足够的认识后,便决定模仿动物吸盘制造一种新式运动鞋。

首先,他按照自己的思路对市场进行了调研,发现原来的篮球运动鞋,鞋底是平面形或中间稍高,这可能是打滑的最重要原因。于是,他决定把鞋底整体制成吸盘形的,这样就会稳得多。

他经过反复试验,吸盘形运动鞋终于制成了。

凹形(吸盘形)运动鞋的问世,深受广大篮球运动员的欢迎,并大量投入生产,几乎垄断了整个市场。

吃章鱼与凹形鞋

 # 银板、玻璃与镜子

四百多年以前,古老的威尼斯城住着一对兄弟,他们都是手艺人。哥哥是打制银餐具的工匠,弟弟是一位玻璃匠,名叫巴门。

巴门有个漂亮的女儿,他的女儿在梳头的时候,常常跑到河边,对着水面照来照去。水面虽然能映出影子,但模模糊糊,看不清楚。每当巴门看到心爱的女儿在梳头时唉声叹气的样子,都非常心疼。当时,中国有铜镜,而欧洲还没有。巴门想:一定要制造一块镜子,让女儿能看到自己漂亮的脸蛋和可爱的笑容。

"能不能用玻璃来制造镜子呢?"巴门突发奇想。可是,经过几次试验,都以失败告终。一天,巴门的哥哥拿着一块银板,路过巴门家的门前,就坐下来歇一会儿。兄弟俩边坐边谈,巴门顺手将一块玻璃放在哥哥拿来的银板上。这时,巴门的女儿刚好从外面回来,低头一看,自己的面孔映照在玻璃里,便惊叫一声:"爸爸,你看——"巴门兄弟俩伸头一看,玻璃中映出了各自清晰的影子。

"太好了!太好了!"巴门高兴地跳了起来,立即进行了研究。经过反复试验,他让哥哥把银板压得薄薄的,变成银箔,然后贴在玻璃的后面,第一面镜子就这样诞生了。

威尼斯的国王知道这个消息后,把巴门召进王宫,让他制造一面镜子,送给法国的波丽王后,作为两国友好往来的贵重礼品。并在一座孤岛上,秘密建造了一家皇室制镜厂,透露消息者处以死刑。法国的国王看到这神奇的镜子,便派出几名暗探去威尼斯,在一个漆黑的夜晚那几名暗探潜入岛上,绑架了两名技术人员,返回法国。从此,制镜技术便走向了世界。

一句玩笑话与一次性相机

"为什么不在这些胶卷上加装镜头和快门呢?"

这是日本富士胶卷销售部长,看着堆积如山的库存胶卷,无意间对负责开发计划的部长和研究员开的一句玩笑。

这句玩笑不要紧,却一下子激发了他俩对产品开发的灵感。

"是啊,要是能发明一种即用即弃的相机该多好啊!"开发计划部的部长认真地说。

"事在人为,只要我们努力,就一定能研制出这种相机来。"计划部的研究员充满信心地说。

于是,他们进行了市场调查,结果发现,有70%的人,在一年中至少有三次面临着想拍照片,而又一时找不到相机的情况。

他们经过反复研究和试验,将一般相机简单化,从400至700个零件,一下子减少到26个,而且拍出的相片与一般相机拍出的相比,质量毫不逊色。

他们的梦想终于变成了现实。

这种在底片盒子上附装镜头的一次性相机一问世,便受到广大摄影爱好者的热烈欢迎。一次性相机不仅风靡整个日本,在国际上更是风行一时。

没想到,一句玩笑话引出了一个大发明。

记者与电炉

1900 年夏天的一个星期天,休斯应邀到朋友家做客。

吃饭时,休斯发觉菜里有一股很浓的煤油味,不由吐了出来。朋友的妻子也尝出菜的味道不对,连声道歉:"实在对不起,一定是我刚才弄煤油炉时,不小心把煤油弄进锅里了。"

他的朋友不由抱怨起煤油炉来:"这鬼炉子,三天两头出毛病,有时急用火又不旺,修一下吧,又弄一手油。"

夫妻俩很难为情,一面向客人解释着,一面赔不是。休斯却不以为意,可这件事在他的心里泛起了涟漪。

"要是能发明出一种用电的炉子,那该多好啊!可以避免煤油炉的许多缺点。"

休斯吃完饭后,告别主人,就急匆匆地回家了。

从此,休斯开始了对电炉的研究。他找来许多有关这方面的资料,反复地研读。又买来许多有关的试验材料,做起了实验。他做了无数次实验,失败着、重复着。也不知被电击过多少次,但他不屈不挠,继续的关于电炉的实验。

1904 年,休斯的电炉终于研究成功了。电炉的诞生受到家庭主妇的欢迎,成为大众喜爱的灶具。

后来,休斯在芝加哥成立了公司,相继推出了电锅、电壶等家用电器。

休斯吃了朋友家带煤油味的饭菜,引起思索,从此他的事业辉煌起来。

梭子与双尖绣花针

在第四届全国青少年科学发明创造比赛上，武汉市义烈巷小学的王帆发明的双尖绣花针荣获了一等奖。那么，一个小学生是怎么想起发明双尖绣花针的呢？

王帆从小学一年级开始，就爱开动脑筋搞些小发明、小制作。在老师和家长的帮助下，他的一些作品还在市、区的比赛中获得了大奖。有一天，他去看望姑姑。姑姑正忙着刺绣，他便在一旁仔细地观察起来。只见姑姑双手都在忙碌。一只手在绷面上，一只手在绷面下，双手交替，一刻也闲不下来。

"姑姑，原来刺绣这么辛苦啊！"

"是啊，在绷面上绣花不是一件容易的事。每绣一针，都要先扎下去，把线拉直，翻手；随即掉转针尖方向，扎上来，再把线拉直，再翻手。然后，才开始扎第二针。"姑姑抬了抬头，对王帆说，"时间长了，眼睛都看花了，手腕累得发麻，又酸又疼。"

"要是能有一种专门用来刺绣的不用翻腕的针，那就好啦。"王帆沉思了一会儿说。

"不用翻腕？那当然好！"姑姑脱口而出。

回家以后，王帆一直把"不用翻腕的针"这件事儿放在心上，经常琢磨着，想发明出一种新的绣花针来。

有一天晚上，王帆在看电视，他看到了渔民们织渔网的镜头。渔民们拿着两头带尖的梭子，网线穿在梭子中间，直来直去，织起网来又快又好，根本不用翻腕。嘿，一个发明的火花霎时间在他的心头点燃了——为什么不能发明一种两头带尖的绣花针来绣花呢？针眼儿也在中间，绣起花来就像渔民们织网那样，再也不用翻手腕了。他激动得立即关掉了电视，找来一根大头针，又找来了小电钻，开始制作像梭子一样的绣花针。

可是，事情远不像他想的那么简单。当他想在大头针中间钻一个针眼儿时，他努力了几十次都失败了，急得满头大汗。

"孩子，心急吃不了热豆腐。在针上打眼儿是一件慢活，慢活就要慢慢来。"爸爸看见小王帆焦急无奈的样子，耐心地说，"还有一句话，叫'慢工出细活'不要急，沉住气再试试看。"

"嗯。"王帆会意地点点头。

在爸爸的指导下，他捏紧钻孔机的手柄，对准大头针的"肚子"用力扎下去，终于在针上扎出了一个针眼儿。第一根双尖针就这么诞生了。他激动地拿着自己发明的针，让姑姑和左邻右舍的奶奶试用。

"好用，好用，这下从反面扎针也能找准位置了，省时又省力，现在的孩子真是不一样。小小年纪就能搞发明，祖祖辈辈传下来的绣花针这下要改朝换代啦!"她们都连连夸奖他。

的确，从古代的骨针到现代的钢针，都是一头针尖、一头针鼻儿，缝衣绣花都用它。王帆的发明打破了传统，所以有了一个好听的名字:双尖绣花针。

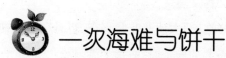# 一次海难与饼干

饼干的发明与一次海难紧密相关。

150多年前的一天，一艘英国机帆船正在法国附近的比斯开湾海面上慢慢地航行。突然，一阵狂风恶浪像恶魔一样向机帆船扑来。船长立即指挥船加速向岸边航去，可是，"祸不单行"——船不幸撞到暗礁上了。船长只好命令放下小舢板，全体船员拼命地同风浪搏斗着，挣扎着，划向了不远处的一座小岛……

"糟啦，这小岛上荒无人烟，我们吃什么呀?"船长惊魂稍定后说，"我们总算死里逃生了，可是，不能又饿死在这荒岛上啊!"

"你看，我们的船虽然翻了，可是船里的食品不一定全被水冲跑了。我们能不能再到船上去看看，或许还能找点儿吃的。"风停了，浪小了，一个细心的船员指着倾斜的帆船说。

他们没有更好的办法，只好驾着小舢板向大船划去。可是，大船里的食品被海浪冲得一塌糊涂:船里储存的面粉、砂糖、奶油等食品全部浸在了海水里。捞起来的时候已经分不清什么是糖，什么是面了。

"不管它，我们先装几袋回去再说吧。"船长失望地说，"既然没有比这更好的选择，总比到岛上啃草吃树叶好吧。"

"船长说得对。"大家齐声附和着。

回到岛上，他们把这些东西混合在一起，捏成了一个个小面团。又放在火上烘烤着吃，以等待救援。

时间一天天地过去了，茫茫大海上还是不见一艘船驶来，他们只好吃着这些硬硬的面疙瘩艰难度日。

有一天，一位船员突然高兴地说:"船长，这下我们可以吃上发面了。"

原来，从海水里捞上来的那些混合物，经太阳的蒸晒，渐渐地发酵了。船员

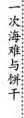

们喜出望外地把那些面揉成了一个个小馒头，或者制成一个个小饼，再放到火上一烤。呀，吃起来又香又脆。

"真没想到这么好吃。"大伙儿非常兴奋，暂时忘了海难的悲伤。

后来，这些船员遇上了一条船，回到了英国。

为了纪念这次海难，他们又用同样的方法烤出了许多小饼来吃，并把这些小饼叫做"比斯开"。不同的是，这时他们制作的小饼是经过精心发酵而成的，又加上了糖、香料等，而且使用了优质的面粉，所以这种小饼口感特别好，又香、又脆、又甜，就连没有遇上那次海难的人也爱吃。渐渐地，大家模仿这种制作方法，特意制成了这种小饼，后来还在小饼上印制了各种各样的花纹，增加了小饼的美感，从而使它在世界各地流行起来。

这就是饼干的来历。

一担冷水与裂纹青瓷

在外国人的眼里,陶瓷就是中国的标志,尤其在英语中,"中国"和"陶瓷"就是同一个单词。

其实,了解陶瓷的人都知道,"陶"和"瓷"不仅是两个不同的概念,也是两种不同的物品,而且差异很大。陶器,一般来说都是吸水的、不透明的;瓷器,却是不吸水的、半透明的,敲击时还能发出金属般的声响。

我国烧制瓷器的历史从商代算起,有三千多年了。到了宋代,景德镇成了饮誉世界的"中国瓷都"。特别是浙江的青瓷,在当时有极高的知名度,现在成为收藏家梦寐以求的珍品。

那么,这种青瓷是怎么发明的呢?

据说,浙江龙泉有一对兄弟分别开了烧制青瓷的窑,一个叫"哥窑",一个叫"弟窑"。由于哥哥的技术好,烧制的青瓷供不应求,但他却不愿意将烧制的方法传给弟弟,时间一长,弟弟就怀恨在心。

"我不挣钱,你也休想挣钱。"一天深夜,弟弟挑来了一担冷水,悄悄地走到了"哥窑"。

原来,弟弟知道烧窑时温度高达 1 000 多摄氏度,要是遇上一担冷水,轻则一窑的青瓷完了,重则连窑带瓷一起炸掉。想到这儿,狠心的弟弟把一担冷水用力泼了过去。然后,他带着复仇后的满足,回到家呼呼大睡起来。

第二天,哥哥打开自己的窑一看,顿时惊呆了:"呀,怎么变成这个样子啦?哪来这么多裂纹?"哥哥十分难过地仔细端详起来:一个个瓷胎上布满了裂纹,像冬天的河面上乍裂的碎冰纹的模样……

"呀,没有碎!"哥哥小心翼翼地拿起一块瓷胎看了看,惊喜极了,"没关系,没关系,仅仅是釉质裂了而已。"哥哥心里稍稍有了些安慰,因为烧制不慎也会造成釉质开裂的现象,只不过那样的裂纹少一点儿,没有这个严重,但不管怎么说,还是能卖一些钱的,不至于全毁了吧。

"要是哪位商人对这种裂纹感兴趣,说不定还能卖个好价钱呢。"哥哥想,"试试看,不能就这么让一窑的青瓷全毁了。"

结果出乎哥哥的预料:这窑青瓷格外好卖,有人说那裂纹是精心烧制的,而且这青瓷比一般的更结实。

喜出望外的哥哥从弟弟那儿问清了事情的原委,开始专门烧制这种裂纹青瓷。

从此,浙江的裂纹青瓷名扬天下。

一张小网与洗衣机上的吸毛器

以前，洗衣机洗后的衣服上总是沾上小棉团之类的东西，这个曾经使科技人员棘手的问题，却被一个家庭主妇解决了。她就是日本的邵喜美贺。

有一天，绍喜美贺在用洗衣机洗衣服时，突然想起了童年时在农村山冈上捕捉蜻蜓的情景。她想："小网既然可以网住蜻蜓，那么，在洗衣机中放一张小网，是不是也可以网住小棉团之类的小杂物呢？"

绍喜美贺的想法遭到许多科技人员的反对。他们都觉得绍喜美贺这种想法太幼稚了，太缺乏科学头脑了，把科技上的问题看得太简单了。

绍喜美贺是非常有主见的人，她对他们的评价不予理睬。她利用空闲时间，按照自己的想法，反复地研究试验，做了一个又一个小网。三年后，她终于取得了满意的成果。

她把小网挂在洗衣机内，洗衣服时，由于洗衣机里的水不停地转动，衣服和小网兜也跟着转动。这样，小棉团之类的小东西就会自然而然地附着在兜网上，衣服洗完后，用手在小网兜里一捞，就可以把杂物清除干净。

绍喜美贺发明的这种小网兜——洗衣机上的吸毛器，构造简单，成本低，而且使用方便，深受广大家庭主妇的喜爱。这个发明专利权为 15 年，专利费是 1.5 亿日元。由此，绍喜美贺成为了家喻户晓的人物。

穿错了裤子与海军服

世界上的海军服都大致相同：白色或蓝白色相间的上衣，肥大的蓝色裤子，无檐帽后面系着两根黑色飘带，在碧水蓝天之间随风飘荡……海军服使水兵们显得格外精神，像一群自由自在的海鸥。

可是，海军服的裤子很肥大，前裆没有开口，腰部两侧的衩也是用扣子紧紧连在一起的，裤腿非常粗，完全是女裤的式样。这又是为什么呢？

这与一次海战有密切的关系。

1713 年，英国的一位海军军人约翰·卡尔随着舰队来到了一座军港。恰巧，他的家就在军港附近，便请假回家稍稍休息。一天深夜，一阵紧急出航的汽笛声把约翰·卡尔从甜蜜的梦乡中唤醒。他立即翻身起床，穿上衣服就匆匆忙忙地往军舰上跑去。

慌忙中，约翰·卡尔穿错了衣服，竟然把妻子的裤子穿在了身上，水兵们看了，都盯着他发笑。约翰·卡尔也发现穿错了裤子，只好向战友们无奈地笑了笑……

军舰在大海上劈波斩浪地航行。可是，刚航行不久，他们突然遭遇了敌人潜艇的偷袭，一颗水雷正好击中了约翰·卡尔的军舰。不一会儿，军舰就沉了下去，水兵们纷纷跳进波涛汹涌的大海里逃生。

遗憾的是，约翰·卡尔不善于游泳，一落到大海里就惊恐得乱抓乱蹬。想不到几下子就把穿在身上的妻子的那条裤子蹬了下去。万幸的是，这条肥大的裤子里充满了空气，一下子就从水里浮了起来。约翰·卡尔惊喜地抱住鼓鼓的裤子，像抱住一个救生圈似的，任其漂泊……17 个小时以后，筋疲力尽的约翰·卡尔获救了，而其他 32 名战友全部罹难。

"妻子的裤子救了我！"事后，约翰·卡尔告诉采访他的记者。敏感的记者立即写了"妻子的裤子救了卡尔一命"的新闻，这使约翰·卡尔在海军中出了名。

海军后勤部的官员们立即组织有关方面的专家,对这条"有功之裤"仔细研究起来。

专家们在研究时发现:这种女裤用扣子连接两边的衩,在水中容易脱落,而且,肥大的裤管在垂直落水时能够迅速充满空气而鼓起来,成为名副其实的"救生气垫"。同时,专家们还发现,这种女裤,能又快又好地卷起来,对于干冲洗甲板等活儿极其方便。因此,专家们慎重研究后,向英国海军总部提出建议,对现有的女裤样式再作一些改进,然后制作统一的海军裤和海军服。英国海军总部接受了这一建议,这种海军服便率先成为了英国海军的军装。后来,其他国家的海军也纷纷仿效,这种新式海军服便在世界上流行开来,而且一直延续至今。

可以说,海军服的发明凝结了专家们的集体智慧。

穿错了裤子与海军服

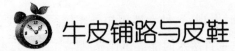

牛皮铺路与皮鞋

很久很久以前,人们是不穿鞋的,都是赤着脚走路。

有一次,一位国王准备到一个边远的地方去旅行,可是,天公不作美。偏偏下起了倾盆大雨,这件事就被耽搁了。

几天后,一个阳光明媚的日子,国王带着随从按原计划出发了。由于刚下过雨,路面被一些动物踩了很多脚印,崎岖不平,在太阳光的暴晒下,就如同狼牙一般,尖尖的,再加上有许多碎石头,国王的脚被刺得火辣辣的疼,国王边走边唉声叹气,叫苦连天。

回到王宫后,他迫不及待地召集众多大臣,开了一个紧急会议,并下了一道命令,要将全国所有的道路都铺上一层牛皮。

"陛下,这是为什么呢?"大家迷惑不解。

"这还用问吗?这是为了造福人民,让他们走路时,不再受刺痛之苦。"国王解释说。

大臣们都感到为难,就是杀尽国内所有的牛,也筹集不到足够的皮革呀,况且这要动用多少人力啊。

这时,一位聪明的大臣大胆地向国王提出建议:

"陛下,我有一个办法,既不用兴师动众,也不用宰杀许多牛,浪费不必要的人力财力。"

"你说说看。"国王说。

"用两小块牛皮把你的脚包起来,不就可以了吗?"

"对,好办法。"国王明白了,立即收回成命,采纳了这个建议。

从此,世界上就有了"皮鞋"。

28

金光闪闪的花盆与手电筒

一百年前,康拉德·休伯特从俄国移民到美国。

有一天,休伯特到一个朋友家去串门儿。他的朋友从卧室里端来一个金光闪闪的花盆。自豪地对休伯特说:

"怎么样?这是我自己发明的。"

休伯特看了看,才发现,原来是他在花盆里装了一节电池和一个小灯泡,开关一开,灯泡就亮了,并照亮了花朵,所以花朵就显得光彩夺目。

休伯特对朋友的杰作看得入迷。

他忽然想起,自己有时在夜晚走路,高一脚低一脚很不方便。有时,要到漆黑的地下室找东西,不得不提着笨重的油灯。

"要是能把电灯随身携带照明,那该多方便啊。"休伯特的脑海里突然飞出了这个想法。

于是,他对朋友说一声告辞,就匆匆地回家了。

回家后,休伯特马上做起实验来。他找来一根管子,又找来电池和灯泡。然后,他把电池和灯泡放在管子里,经过反复试验,不断地改进,世界上第一只手电筒问世了。

就这样,休伯特在朋友家受到一个花盆的启发,制造出了世界上第一只手电筒。

从此,手电筒便走进了千家万户,成为人们不可缺少的生活用品,给人类的生活带来了极大方便。

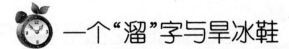

一个"溜"字与旱冰鞋

"为什么老想着溜冰场呢?到处溜达溜达不也是一种快乐吗?"冬天的一个早晨,一位朋友突然拍了一下站在溜冰场边发呆的杰克,说道。

杰克是美国一个小公务员,他每天都埋头在文书抄写的工作中,感觉非常枯燥无味。对他来说,只有节假日到溜冰场去溜冰,才是他最开心的事。

可是,由于杰克频频出入溜冰场,微薄的收入常常使他感到经济拮据。冬天,冰天雪地,对于杰克来说,可以享受免费溜冰,只是到了春天,解冻后就没办法了。怎么办呢?杰克两眼望着冰雪场地苦思冥想……朋友的一个"溜"字使杰克眼前一亮,产生了灵感:"溜冰溜冰,不就是一个'溜'字吗?想个办法在马路上溜来溜去,不也同样有乐趣吗?"

一次,杰克到商店买东西,玩具柜上的玩具汽车启发了他的思维。他立刻想到:"要是在鞋上安装上滚轮,在地面上不也能溜来溜去了吗?"杰克非常高兴,回家后马上动手做了起来。

样品做好后,他穿在脚上在水泥路面上试验,效果很好,居然找到了在溜冰场上的那种感觉。他将这种带滚轮的鞋命名为"旱冰鞋",并向专利局申报了发明创造的专利。

不久,杰克发明的旱冰鞋风靡了全世界。

朋友的一句话,激发了杰克的创造思维——发明了"旱冰鞋"。从此,杰克不但富有起来,而且为许许多多溜冰爱好者带来了无穷的快乐。

工程师与香水

迪奥公司是法国一家老牌化妆品公司,业务非常广泛。可是,进入20世纪80年代,由于经营不善,产品老化,濒临倒闭。就在公司即将宣布破产的前几天,奇迹发生了。

这一天,几个工程师由于公司马上就要宣布破产了,心情特别不好,便留在实验室里喝酒解闷。

其中一个比较年轻的工程师,酒喝得稍多一点,便带着醉意走向实验台,把实验台上几种绝对不相容的香精倒入了一支干净的试管里,然后只听"啪"的一声,试管被摔在地板上。顿时,一股古怪的香气在实验室里弥漫开来,开始给人一种不适的感觉,旋即却变成一种勾人心魄的奇香。

几个正在喝酒的工程师都非常吃惊地望着那位年轻的工程师。年轻的工程师也一下子清醒过来,发疯似的狂叫一声:

"我们有出路啦!"随着年轻工程师的一声大叫,他们立即站起身,紧紧拥抱在一起。

一出恶作剧造就了一种奇特的香水,它就像一剂起死回生的良药,拯救了一家濒临绝境的公司。

他们立刻重新配制了一瓶香水,去找老板。心灰意冷的老板当即决定试制这种香水。

为了耸人听闻、招徕顾客、以奇取胜,他们决定给新香水起一个令人叫绝的名字——"毒药"。

后来,这款"毒药"纷纷飞进人们的眼睛里,灌进都市人的耳朵里,走进他们的生活里……

刮破脸皮与剃须刀

一百年前,世界上还没有剃须刀,男士们刮脸用的是剃刀。剃刀刮脸费时又费力,稍不小心就会刮破脸皮。为此,男士们都苦不堪言。

1895年夏天的一个早晨,美国有个叫吉列的先生,正在用一把剃刀刮脸。这把剃刀用的时间太长了,又旧又钝,脸皮被刮得火辣辣的疼。天又那么热,他急得满头大汗。结果,他一用劲,将脸皮刮破了,鲜血从他的脸上流了出来,他又气又恼。

"为何不自己设计一把新的剃刀呢?使用起来既锋利又安全。"他忽然萌发了这个念头。

于是,他费尽心思,花了好几年时间,在一位工程师的帮助下,于1903年成功地研制出世界上第一把安全剃须刀。

剃须刀的发明,给世界上长胡子的男人带来了方便。多亏吉列先生进行了一场别开生面的"面颊上的革命",人们才彻底与那种用剃刀刮胡子的年代告别。

可是,剃须刀当年的销量并不好,但吉列并未气馁,他坚信剃须刀一定会受到全世界男士的青睐。

第一次世界大战时,美军和法军为了军队仪容清洁整齐,给士兵们配发了吉列发明的安全剃须刀。吉列剃须刀从此名声大振。

吉列公司的产品通过不断改进和创新,目前已行销全世界。全球有25个国家的工厂生产吉列公司的产品。吉列发明的剃须刀,方便了全世界男人的生活。它是目前最受男士欢迎的产品之一。

牧羊人与咖啡

一千多年前，非洲的埃塞俄比亚有一个叫凯夫的小镇，镇里住着一个非常机灵的牧羊人。

一个阳光明媚的早晨，牧羊人一边唱着牧歌，一边赶着羊群，不知不觉中来到了山坡上的一块新草地，让羊群美美地饱餐起来。太阳快落山了，牧羊人才吹着羊群熟悉的号声，赶着羊群下山。可是，到家以后，他发现今天的羊和平时不一样，非常兴奋，像着了魔似的，不停地"咩咩咩"直叫，不愿意进圈，更不愿意睡觉。

"是不是羊吃了什么植物造成的呢?"牧羊人感到莫名其妙，躺在床上翻来覆去睡不着。

第二天，东方才露出鱼肚白，牧羊人又赶着羊群来到那块片草地。

原来，这里有一种他从来没见到过的灌木，灌木上还开着一朵朵漂亮的小白花，并结着一个个深色的小浆果，而羊特别喜欢吃它的叶子。晚上，牧羊人发现，羊群和昨天晚上一样，不想进圈，更不想睡觉。

"难道是灌木作怪吗?难道这灌木里有什么奇特的东西吗?"牧羊人想着想着，就进入了甜美的梦乡……

一觉醒来，天已大亮。牧羊人把羊群赶到一个没有那种灌木的山坡，让羊吃别的草，看看还有没有那种"兴奋"现象发生。晚上回家后，羊群变得安安静静的，个个都很听话。

"毫无疑问，一定是灌木起的作用。"牧羊人非常惊喜。

他决定亲自尝一尝。于是，他折下一根灌木枝条，试着尝了尝灌木的叶子，觉得有点儿苦;接着摘下几个浆果，放在嘴里嚼了嚼，又苦又涩，一下子吐了出来。

他不肯罢休，赶快又嚼了几个浆果，觉得味道虽然苦，但越嚼越觉得清新

爽口。牧羊人一连尝试了几天，感觉精神特别好。

　　他非常高兴，便把这个发现告诉镇上所有的人："吃这种灌木可以提神，不信的话，你们可以尝一尝。"

　　人们将信将疑，大胆的人就去采摘这种灌木的浆果来尝尝。事实果然如此，于是一传十，十传百，这件事情便传开了。后来，人们把这种灌木命名为"凯夫"，"咖啡"就是"凯夫"的谐音。

　　咖啡是一种常绿灌木或小乔木，生长在热带。浆果深红色，里边有两粒种子，炒熟制成粉，做饮料，有兴奋、健胃的作用。

　　从此，世界上就有了咖啡。

一碗汤与味精

1908年夏天的一个中午，日本东京帝国大学化学系教授池田菊苗先生刚做完一项实验，就拖着疲惫不堪的身子，回到了家中。

妻子早已为他准备好午饭，几盘炒菜和一碗汤。

池田菊苗端起碗吃了起来，也许是一上午在实验室的工作太辛苦，他觉得妻子为他做的午饭味道特别鲜美，尤其是那碗汤的味道更是诱人。他不禁夸奖道："今天做的汤味道真好!"

妻子听了，不好意思地说："今天没买到菜，就用剩下的黄瓜和海带烧了碗汤。"

"黄瓜和海带竟是如此美味!"池田菊苗一口气喝下这碗汤。凭他的直觉，汤的味道鲜美，奥秘一定在海带里。

"海带还有吗?"他问妻子。

妻子以为他还没吃饱，便起身说："我这就去再给你做一碗。"

"不是，你把海带拿一包来，我要做实验。"池田菊苗接过妻子手中的海带，把饭碗一推，就跑回了实验室。

他对海带进行了细致的化学分析。

半年后，他终于发现，海带里含有一种叫"谷氨酸钠"的物质，这种物质具有强烈的鲜美味。在汤里放入少量的谷氨酸钠，汤的味道就更加鲜美。

池田菊苗将它命名为"味之素"。

这种风靡整个日本的"味之素"，很快传入中国，改名叫"味精"。不久，味精风行全世界，成为人们不可缺少的调味品。

一碗汤与味精

超市购物与塑料衣架

铃木是日本的一名小学教师,一直生活在社会底层,可是他的志向很高,不甘心做一名平庸的老师,想当一名发明家。然而,当一名发明家谈何容易,学校里的老师都笑话他傻气,说他没有什么高深的文化,不会搞出什么名堂的。铃木听了,在心里暗暗说:"走着瞧吧,我不仅要搞发明,还要开一家大工厂,当上大老板。"

带着这个梦想,铃木一直在努力着,追求着,可是他始终没有找到一条通向希望的路。

有一个星期天,铃木像往常一样来到繁华的购物超市看服装。他在琳琅满目的服装柜前流连忘返时,看到了衣架上一件皱皱巴巴的大衣。

"嘿,多好的衣服。可惜没有一副好衣架,弄得到处都皱巴巴的。"铃木走过去,端详起来。

"先生,您要买大衣?这是正宗的名牌大衣。"服务员热情地向他介绍着,"这是高级毛料做成的,您穿上一定很合适。"

"不……我只是看看。"铃木不好意思地说着,眼睛还是盯在大衣上。他很想看看这个衣架到底是什么地方做得不好,才把一件名贵的大衣弄得这样糟糕。

"不买也没关系,可以到试衣间里试一试。要是合适了,下次来买也可以。"服务员非常友好地说。其实,她是在心里想,铃木一旦试好了,就会爱不释手的。

"能试一试?那好,那好。"铃木喜出望外。他原来就想试一试。因为这样可以看清那个衣架的"真面目"。

铃木说完,带着衣架一起走进了试衣间。服务员见了,感到很好笑,居然还有人拎着衣架一块儿试衣服。在试衣间里,铃木慢慢地把大衣从衣架上取下来,仔细地观察着衣架的造型、质地,又慢慢地把衣服"穿"在衣架上,一次又一次寻找衣架的不足。后来,他决定把这件大衣和衣架一起买走,以便研究。

"服务员,这件大衣我要,衣架我也要。"铃木认真地说。

"可以,先生,您有收藏衣架的爱好?我们这里还有两种衣架,如果先生喜欢的话,就送给您做个纪念吧。"服务员微笑着,为自己能成功地推销一件价格不菲的大衣而自豪。

铃木把大衣和三个衣架一起拿走了。回家以后,他反复琢磨起衣架来。他认为,一个好的衣架应该首先突出人体的曲线美,衣服"穿"在衣架上比穿在人身上应当更美丽动人才能吸引人。要想达到这样的效果,不仅衣架的结构要合理,而且做衣架的材料也要好。于是,铃木一次次地试验。材料换了一种又一种,最后他选定了塑料。因为塑料做衣架既轻便灵巧,又美观大方,效果非常好。于是他申请了专利。后来,他还开了世界上第一家专门制造塑料衣架的工厂,成为一名真正的老板。

"伪劣服装"与牛仔裤

19世纪50年代,美国的淘金热吸引了来自四面八方的人。德国一位名叫李维·施特劳斯的年轻人,也和许多青年一样,怀着发财的梦想,背井离乡,来到了美国。

可是,到那儿一看,事情并不像他想象的那么美好,眼前的情景令他大失所望。几个金矿早已人满为患,蜂拥而来的淘金者像蚂蚁一样,漫山遍野闲逛。

"花了那么多路费,千里迢迢地来到这儿,难道就这么两手空空地回去吗?"施特劳斯非常苦恼。

望着熙熙攘攘的人群,这个做生意出身的施特劳斯突然眼前一亮,心想:这些人要生存,就需要有大量生活用品,开一家杂货店,一定能赚钱。

第二天,他就在金矿的附近开了一家杂货店。果然不出所料,每天顾客来来往往。络绎不绝,生意十分红火。

一天中午,几个淘金者和几个牛仔买了几瓶酒,在他的店里边喝边聊,其中一个牛仔唉声叹气地指着腿上的裤子说:

"你看,这些布料太差了,刚买的新裤子,颜色还没变,就磨坏了。"

具有经商天赋的施特劳斯,听到他们的话,立即想到:扩大杂货店的规模,引进一些结实耐磨的布料,进行服装加工。

消息传出去之后,他的第一批裤子刚做完,就被抢购一空。布料已经用完了,又有很多顾客前来订货,而且时间非常紧迫,必须在三天内完成任务。

"怎么办呢?"进货是来不及了,一向守信用的施特劳斯一筹莫展。

他急中生智:"对,把仓库里用来做帐篷的帆布拿来做裤子。"他为这个聪明的想法而感到自豪。

可是,到仓库一看,帆布也很有限。他非常着急,心想:只有背水一战——来个偷工减料,将裤裆做短一点儿,裤腿做紧一点儿。

就这样,裤子按期完成了。三天后,这批"伪劣商品"被顾客取走了。他也做了一个坏打算,如果有人找上门来,他就认错。

几天后,来了不少人,他以为是来算账的,吓了一跳。没想到,他们不但不是来退货的,反而是来订货的:"这种裤子不仅耐磨,而且穿起来非常舒服,大方而又得体,便于牛仔上马下马。"

从此,人们就称这种裤子为"牛仔裤"。

牛仔裤是一种低腰身,金属扣子,缝制时采用特别结实的粗线,而且口袋在外面的粗斜纹棉布裤子。

施特劳斯做梦也没想到,一批伪劣的裤子竟成了一种时尚、一项发明。

后来,施特劳斯获得了牛仔裤的第一个专利。此后,人们又用帆布做成了上衣。于是,牛仔服就问世了。

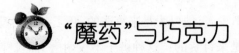 "魔药"与巧克力

　　1519 年，西班牙殖民者科尔特斯率领的探险队进入了墨西哥腹地，穿密林，走沙漠，爬高山，来到一块高坡上的时候，队员们累得筋疲力尽，横七竖八地躺在地上休息。

　　这时候，一队打猎的印第安人走过来，从行囊中取出了一种植物的种子，碾成粉状，放到瓦罐中，加上水用火烧了起来，水沸腾后又加上一些树汁和胡椒粉，制成了一种香气四溢的饮料，让科尔特斯的探险队员喝了下去。一会儿，这些探险队员好像吃了一种"魔药"似的，个个精神焕发，体力倍增。

　　科尔特斯探险归来后，向西班牙的国王敬献了这种"魔药"——可可饮料。在制作时，考虑到西班牙人的饮食特点，用蜂蜜代替了树汁和胡椒粉。国王喝了以后，大加赞赏。从此，这种饮料风靡整个西班牙。后来，这种饮料传到了欧洲的其他国家，也很受欢迎。于是，许多商人看到了商机，可可饮料成为一个很赚钱的商品。

　　西班牙的拉思科便是其中的一位。他是一位很爱动脑筋的食品商，经营食品多年，积累了丰富的经验，也赚了不少钱。有一天，拉思科在煮可可饮料时，突发奇想："嗯，虽然好喝，可是，这样煮太麻烦。要是能制成一种固体食品，像树上的可可豆那样，脱去原来的苦涩味，又可以拿在手里吃，或者开水一冲就能喝，那就太美妙啦！"

　　他认为，要是开发出一种新食品，那可就能赚大钱了。这位食品商真的非同一般，想到就干。他经过反复试验，采用了浓缩、烘干、加蜂蜜调制等办法，终于制成了固体的可可饮料。由于这种饮料来源于墨西哥的"巧克拉托鲁"，拉思科就给他的新产品命名为"巧克力"。

　　这就是世界上最原始的巧克力。

　　拉思科的巧克力投放市场后，逐渐被世人认同，后来有了"奶油巧克力"、"脱脂巧克力"等。

让庄稼茁壮成长的化肥

几千年前，人类就知道给庄稼施肥，让庄稼长得更好。人们在农田里施上动物粪肥、草木灰等，就能促进庄稼的生长，但人们不知道这是为什么。

最先解开这个谜的是德国著名化学家、济森大学教授李比克。德国的北部是荒凉的沙地，完全不适合庄稼生长。出人意料的是，1840年，化学家李比克却买下了其中的一部分，并从距柏林100多千米的地方运来了一种叫做"石盐"的东西。他把这种"石盐"撒到地里，种上了庄稼。

开始时，人们用惊愕的目光看着他做这些事情，不理解他为什么要这样做，还以为他疯了。一年以后，人们再到沙地上看时，却大吃一惊：原来不长一棵草的沙地，现在长满了绿油油的庄稼，大麦、黑麦、马铃薯等并且长势旺盛，一片丰收景象。农民们把李比克看做神仙，纷纷向他讨教种庄稼的秘诀。李比克毫无保留地向农民们传授了"秘诀"。与此同时，世界各地来邀请他去传授技术的人也络绎不绝，一时间，李比克的名字传遍了德国。

那么，李比克为什么能让沙地长出茂盛的庄稼呢？原来，沙地虽然不适宜庄稼生长，但撒上他从远处运来的"石盐"后，就能长势良好，因为这种富含钾的"石盐"能使庄稼获得生长所需要的养分。李比克说："给植物提供养分，可以不使用传统的肥料，只要能给植物提供其生长所需的碳、氮、磷、硅、钾等元素，就能促进植物生长。"李比克的研究，揭示了农民施肥能促进庄稼生长的本质，因为这些农肥中富含钾、磷等元素。李比克的研究也给缺乏农肥的欧洲农民带来了福音。

1842年，英国化学家劳斯和基尔马特成功地用腐烂动植物制造出了氮肥。劳斯把动物的骨头粉碎成骨粉，经处理后制成磷酸钾。接着，德国的化学家弗里茨·哈柏在另一位化学家卡尔·博许的帮助下研究成功生产氨（含氮元素）的方法，这种被称为哈柏——博许制造法的生产氮肥的方法，至今还在使用，并使得世界上的氮肥生产量大幅度增长，粮食也成倍增产。

小狗"惹祸"与剪彩

剪彩不是一种工具,是一种活动仪式,从 20 世纪开始流行。那么,是谁发明了这种"仪式",竟能够这样长久不衰呢?他是美国的一位百货公司的老板,名叫威尔斯。

1912 年,威尔斯在美国圣安东尼奥市的华狄密镇,开了一家规模很大的百货公司。经过精心筹备,他的百货公司就要开业了。

"怎样才能一炮打响,吸引更多的人呢?"老板威尔斯对此动了一番脑筋,"既要让人知道我的百货公司的商品琳琅满目,又要有些神秘感,把行人都吸引来,让人们想进来看看。"

威尔斯想来想去,决定别出心裁地在百货公司的大门上用一根布带拦起来,门敞开着,这样,门外的行人就只能若隐若现地看到里面的商品,而且能巧妙地把人委婉地拦在外面,达到人越聚越多的目的。待一切准备就绪,再把大门打开,自然就形成了人流"火暴"的场面。想到这儿,威尔斯在心里得意地笑了。

那天清早,威尔斯特意安排手下的人把大门用一根布带拦了起来。果然,门前看热闹的人越来越多,门内的工作人员也在紧张地忙碌着……

突然,威尔斯老板女儿的那只哈巴狗从门里往外跑去,"哗"的一声,它把那根布带"撕"成两截,门外的顾客霎时就像潮水一样涌了进来……

威尔斯老板一时手足无措。

可是,训练有素的工作人员立即投入了工作,各自来到自己的岗位上,蜂拥而来的客人争先恐后地购买商品……

"好啊,好啊。"威尔斯老板终于回过神来,在喃喃自语。

虽然女儿的小哈巴狗惹了祸,造成了一阵惊慌,但是无关大局,威尔斯的百货公司生意异常兴隆,可谓开业大吉,并在当地传为"美谈"。

后来,威尔斯的第二家公司也要开张了。他再次想起了那根布带,想起了惹祸的狗。"布带好办,找一根颜色更好看的系上就行了。可是,小狗能听你的吗?能按时去'撕'那布带吗?"威尔斯老板还想着那天的一幕,还想有那样的"轰动效应"……

后来,他灵机一动,把布带做成了彩带,请当地有名望的人来剪断彩带。这样,既能招徕更多的顾客,又能提高自己的名望和地位,可谓一举多得。这一招果然有效。威尔斯的公司再次红火起来。

于是,附近的商人纷纷效仿,在店铺开业的时候,搞起了这样的"剪彩"仪式。有的老板为了炫耀自己的实力,还用特制的金剪刀来剪断彩带呢!

小狗『惹祸』与剪彩

 # 妻子烤饼与耐克鞋

美国俄勒冈州立大学体育系有一位教授,名叫威廉·德尔曼。

一天中午,威廉·德尔曼教授的妻子在家中做饭,他也在旁边帮忙。当妻子在烤饼时,威廉·德尔曼教授发现,用传统的带有一排排小方块凹凸的铁板压出来的饼,既好吃,又很有弹性。

威廉·德尔曼教授受到一个很大的启发:

"如果用做饼的方法来做鞋底,把烤过的橡胶压上去,鞋子不就更有弹性了吗?"

威廉·德尔曼教授一直在考虑如何改进运动鞋的弹性问题,这个意外的发现使他欣喜若狂。

威廉·德尔曼教授是个做事雷厉风行的人,说做就做。他立即放下手头的活,连忙做起实验来。

他先找来一块橡胶钉在妻子的鞋底上,让妻子穿上试试看。妻子穿着在房间里走了一圈后,高兴地说:"太舒服了,不仅轻快,而且还有一定的弹性。"

这正是威廉·德尔曼教授所要的效果。

于是,威廉·德尔曼教授信心倍增,立即投入到实验中去。他夜以继日地工作着,经过许多次失败后,终于研制成功了一种既有弹性又能防潮的耐克运动鞋。

后来,各式各样的耐克运动鞋风行世界各地,深受广大消费者的喜爱。现在运动场上比赛的运动员,有许多穿的就是耐克运动鞋。

第二章
维持生命的营养素

水的升降与体温表

意大利科学家伽利略在威尼斯的一所大学里任教。

一天,他给学生上实验课。他边操作边问学生:"当水的温度升高,特别是沸腾的时候,为什么会上升?"

"因为水沸腾时,体积增大,水就膨胀上升。"

"水冷却时,体积缩小,所以就降下来。"

学生的回答像潮水一般,冲开了伽利略智慧的闸门。

一位医生的恳求立即回响在他的耳边:"伽利略先生,病人的体温往往会升高,我们却观察不到,能不能想个办法,准确测出体温,帮助诊断病情呢?"

由于四百年前是没有体温表的,因此医生只能根据经验给病人诊断病情。

伽利略受到很大鼓舞,决心研制测量体温的温度计。下课后,他迫不及待地做起了实验。他根据热胀冷缩的原理,用手握住试管的底部,试管内的空气逐渐变热,然后倒过来插入水中,再松开手,这时,水被吸入试管内并慢慢上升。当他重新握住试管时,水又被压下去了。

"水的上升下降,能看出温度的变化,太妙了!太妙了!"伽利略不禁喃喃自语。

经过多次试验,他将一根很细的试管灌上水,再排出管内的空气,然后把试管口密封住,并在试管上面刻上刻度。当他把这怪模怪样的东西交给医生,让病人握住它时,果然,水上升的刻度反映出了病人的体温。世界上第一支体温表就这样诞生了。

47

水的升降与体温表

卷毛狗的尿与胰岛素

1889 年夏天的一个中午,德国大学的冯梅林教授由于有一个实验还没有做完,吃过饭他就匆匆地去实验室了。在路过斯特拉斯堡大街时,他发现一个奇怪的现象。

一条卷毛狗在路边的人行道上溜达,每到一棵树下,就抬起后腿在树根下撒泡尿,狗一离开,就有许多苍蝇围着狗尿飞来飞去。

"苍蝇为什么对狗尿那么感兴趣呢?"他当时正在和病理学家闵可夫斯基研究"胰腺在消化过程中的功能"这一课题,凭着敏锐的直觉,他想到一定是狗尿里含有什么新的成分。

于是,他把卷毛狗抱回了实验室,先对狗尿进行了化验,发现狗尿中含有大量糖分。然后,他又给狗作了检查,结果发现,狗的胰腺坏了,已失去了应有的功能。

"是不是没有胰腺的狗,尿中都含有糖分呢?"他将另一条狗摘去胰腺,进行试验,发现这只摘去胰腺的狗,尿中也含有大量糖分。

遗憾的是,由于种种原因,他们对这个问题没有继续探讨下去。

三十年后,加拿大的一个名叫班丁的医院讲师,在冯梅林教授研究的基础上又进行了深入的研究。他想,从没有胰腺的狗撒的尿来看,当今被人们视为不治之症的糖尿病一定与胰腺有关。

他研究发现,正常人的胰腺上,分布着像岛屿一样的小暗点,而糖尿病病人的胰腺上,小暗点只有正常人的一半。

"这到底是为什么呢?"班丁百思不解。

"如果能增加胰腺上的小暗点,就一定能攻克糖尿病这个难关。"班丁是个喜欢动脑筋,而且还敢于大胆想象的人。

原来,这种小暗点就是胰岛素,胰岛素是在胰腺中产生的一种激素,它能促使肝脏去除血液中的葡萄糖。身体不能产生足够胰岛素的人就会患糖尿病，患者的血糖会高到危险的程度。可是，增加小暗点——胰岛素——谈何容易!

班丁下决心解决这个问题。经过艰苦的探索和研究，他的想法变成了现实。班丁终于实现了在不破坏胰腺的情况下，进行正常的提取，并且在实验室里把胰岛素分离出来。

班丁成功了，他用自己的辛勤汗水，填补了医学上的一大空白。不过，班丁始终没有忘记，是冯梅林教授为他打下了坚实的基础。他说，如果没有冯梅林教授为他铺好的阶梯，就没有他的成功。

卷毛狗的尿与胰岛素

"吃"好病与食疗法

在遥远的商代,奴隶是奴隶主的私人财产。当时有一位名叫伊尹的奴隶,他的祖父、父亲都是专门从事烹调的奴隶,因此,聪明的伊尹也学到一手高超的烹调技术。

有一年春天,伊尹的父亲生病了,他非常担心。因为奴隶生病只有等死,一是没钱医治,二是医生是不会给奴隶治病的。

父亲看到儿子整天愁眉苦脸的样子,笑着说:"放心吧,我很快就会好起来的,当年你爷爷生病,就是自己治好的。"

"爷爷会治病?"儿子的脸上露出了欣慰的笑容。

"你爷爷发现,有些食物是能把病'吃'好的。比如说,生姜能去寒气、祛生冷,莲子能滋阴降火等等。时间长了,就积累了丰富的经验。"

"是不是所有的病都能'吃'好?"伊尹打破沙锅问到底。

"不是,有些病吃了某种食物,不仅不能治好,反而会使病情加重。"伊尹点了点头,好像一下子明白了许多。

"一定要研究一下食物疗法,为广大奴隶们解除痛苦。"伊尹在心里暗暗发誓。

从此,他开始留心不同的食物对人体有哪些作用。

几年以后,由于伊尹高超的烹调技术,被汤王重用,任命为朝廷的厨师。当看到许许多多食物和调味品时,他很快就了解了各种食物的药用功能,而且还掌握了运用食物治疗疾病的许多方法。

一天,汤王得了一场重病,医生用药物疗法,几天下来也没有见效。看着汤王病情日益加重,那些医生一个个吓得胆战心惊。

伊尹知道后,便大着胆子建议说:"用食物治疗的方法试试看。"

医生都睁大了眼睛,满腹狐疑地看着伊尹,心想:"莫非这奴隶还有什么妙法?"

出乎意料,汤王吃了伊尹为他配制的食物,病情真的好转了,一个月后就痊愈了。

汤王非常高兴,说:"没想到,还有这样一个聪明的奴隶。"

汤王看着年轻能干的伊尹,任以国政。他跟着汤王转战南北,成了汤王夺取天下的得力助手。

但是,伊尹不论工作多么繁忙,始终没有忘记自己的追求——发展食疗法。食疗法的发明,在人们的日常生活和医学上都具有重要的意义,是中国医药史上的一大创举,在当代更是被人们所推崇。

"吃"好病与食疗法

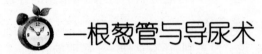

一根葱管与导尿术

孙思邈是我国唐朝时期的医学家,人们都称他是个了不起的"神医"。说起"神医",这里还有一段精彩的故事呢。

有一天中午,孙思邈的家里来了一位中年男人,只见他眼泪汪汪地哀求说:"孙医生,救救我吧,我的尿脬都要胀破了,实在受不了啦!"

看着病人痛苦不堪的样子,孙思邈马上给病人进行检查。查完,他长长地叹了口气,心想:"尿脬快要胀破了,吃药已经是来不及了,怎么办呢?"

"现在,当务之急是把尿排出来。"他对病人说。

"那么,怎样才能把尿导出来呢?"他一筹莫展。尿道那么细,哪里能找到又细又软的管子往里插呢?

可看着病人痛苦的表情和那乞求的目光,孙思邈心急如焚。

正当他束手无策的时候,突然眼前一亮:"对,为什么不用葱管试一试呢?"

于是,他一溜烟似的跑到厨房,拿来一根葱管,把尖的一端用刀切去,小心翼翼地插入病人的尿道,用嘴巴一吹一吸。

嘿,真灵!不一会儿,尿液顺着葱管"哗哗"地流了出来。

病人的痛苦解除了,孙思邈的脸上也露出了满意的笑容。

一根葱管,救了一条人命。孙思邈也成为世界上第一个发明导尿术的人。

这个偶然的发明,解除了成千上万人的痛苦,为人类医疗事业的发展作出了不可估量的贡献。

跨越生命与非生命的界线

1965 年 9 月 17 日,中国科学家人工合成胰岛素获得成功,这是我国科技人员在基础研究方面争得的一项"世界冠军",开辟了人工合成蛋白质的时代。

这项科研成果,是我国科技人员花了七年的时间才取得的。为完成这项科研任务,有关部门决定,由上海生物化学研究所、上海有机化学研究所和北京大学的科学家邹承鲁、钮经义、龚岳亭、汪猷、邢其毅等组成科研小组进行联合攻关。科研小组选择了胰岛素作为当时人工合成蛋白质的对象,这不仅因为胰岛素只有 51 个氨基酸,还因为它是当时唯一已知的一级序列蛋白质。

在科研小组里,邹承鲁当时 30 多岁,是小组中最年长的一位。年轻的科学家们都有股"初生牛犊不怕虎"的劲头。邹承鲁的任务是将胰岛素分子先分离纯化成 A 链和 B 链,然后通过氧化重新组合,形成天然胰岛素。这一技术是人工合成胰岛素的关键。因为胰岛素拆分成 A 链和 B 链后,人工合成的难度要大得多。邹承鲁查阅了许多国外文献,发现前景并不乐观,因为许多外国人都尝试过将胰岛素链拆分后重新组合的实验,但这些探索无一例外地都失败了。

B 链的人工合成首先获得了成功,但 A 链的人工合成却遇到了麻烦。接着,人工合成 B 链和天然的 A 链组合成胰岛素也获得了成功。科学家们乘胜追击,以坚韧不拔的毅力继续进行人工合成 A 链及 A 链和 B 链的重新组合的工作。邹承鲁和研究小组的科学家们一次又一次做实验,用去的化学试剂足以灌满一个游泳池!

人工合成的胰岛素是否具有与天然胰岛素相同的活性? 除了在显微镜下观察外,还要进行动物实验。小鼠注射了天然胰岛素后会出现惊厥反应。如果人工合成的胰岛素具有同样的效果,那就证明人工合成的胰岛素具有天然的活性。这个最后的实验是在 1965 年的一个清晨进行的,那一刻真是令人难忘。当注射了人工合成胰岛素的小鼠的惊厥实验宣布成功时,科学家们激动的心情真是无法用语言形容。

天然的胰岛素是糖尿病患者的救命药物，但由于必须从动物胰腺上提取，资源受到极大的限制。人工合成胰岛素获得成功，使这一问题得到了解决。人工合成胰岛素，为找到无机与有机、无生命与有生命之间的关系提供了科学依据，也促进了生命科学的发展。

中国苹果树与人工授粉

　　小朋友们都知道,给果树传授花粉的,有蝴蝶、蜜蜂,还有大自然里的风……很少知道还有人工为果树传授花粉的方式。

　　世界上,第一位为果树进行人工传授花粉的,是苏联的米丘林。

　　他的父亲是一位园艺爱好者,在米丘林很小的时候,父亲就为他种了一棵中国苹果树。可是,一直到米丘林八岁的时候,这棵中国苹果树才结出比樱桃还小的果子。他哭了,并在心里暗暗发誓:"长大了,我种出的苹果树一定能结出又大又甜的苹果。"

　　可是,不幸接踵而来,在中学时,因为他不满学校的教育方式,与老师产生了分歧,被校长赶出了学校;接着,父亲积劳成疾,离开了人世……米丘林只好在艰难困苦的生活中挣扎。

　　后来,他终于积攒了一点儿钱,在自己的住处开辟了一块小小的果园,为实现小时候的理想迈出了可喜的一步。他在自己的果园里种上了中国苹果树,开始了改良苹果树的试验。

　　邻居们看了,都笑话他:

　　"一个穷光蛋也要搞什么研究,真是天方夜谭。"

　　"好不容易弄了个小果园,竟然种这些连半个卢布都不值的东西。"

　　"傻子还能做出不傻的事吗?跟自己开开玩笑而已。"

　　米丘林听了,反而更加坚定了自己搞研究的决心。他想,一定要用别人没有用过的方法,种出别人没有种出的果子,

　　他知道,果实的大小与果实的花粉质量有关。于是,他请南方的克里米亚和高加索地区的园艺师们帮忙,恳求他们把能结出又大又好的苹果花粉寄到北方来,改变自己北方果树的品种。

　　同行们接到信后,纷纷伸出了援助之手,挑选了一些好的花粉寄给了米丘

林。他接到这些花粉后，高兴不已，把这些花粉分成了好多份，在果树开花的时候，小心翼翼地把花粉撒到了自己果树上。

"可是，这些花粉容易被风吹跑或被小昆虫弄走，这样，花粉的质量又改变了。"米丘林想，"怎样才能解决这个问题呢?"

米丘林想呀想，就是想不出什么"高招"来，急得整天在自己的果园里转，抓耳挠腮……后来，他受灯罩启发，用纱布罩子把一朵朵人工授粉的花朵罩了起来。这样，既避免了蜂蝶等昆虫来"骚扰"，又保证了空气和阳光不被隔开。几个月后，他打开纱罩，终于看到了亲自育出的果实。虽然没有希望的那么大那么甜，但是，人工授粉毕竟成功了。

后来，米丘林不断研究，不断试验，从人工授粉到人工嫁接，终于培育出了又大又甜的苹果。消息传遍了苏联，连北欧和加拿大的高寒地区的园艺专家都来学习取经。米丘林也因此成为举世闻名的园艺家。

英国克隆羊多利诞生

伊思·威尔莫特是个身材魁梧、壮实的男人,并且长着络腮黑胡,是个典型的男子汉,但他却对动物的生育繁衍充满着兴趣。

1996 年 7 月 5 日,在英国罗斯林研究中心,一头叫多利的绵羊诞生了。多利温柔的"咩"声,不亚于一颗原子弹的爆炸声,震惊了全世界。因为多利不是一头普通的羊,它是世界上第一头被克隆出来的羊。助产士就是伊思·威尔莫特。

一般的羊的出生过程大家都十分熟悉:一头母羊与一头公羊交配后怀孕,经过胚胎发育,便能产下小羊。那么,克隆羊是怎么繁殖的呢?克隆羊没有父亲,也没有传统意义上的母亲。克隆羊就是用一头雌羊的细胞独立地繁殖出一头雌羊,或用一头雄羊的细胞独立地繁殖出一头雄羊。这种羊长大后和亲体羊一模一样。克隆原来只能在低等生物中进行,如让细菌、涡虫从一个细胞分裂成两个子体,或是让植物出芽生殖,在一定部位上长出芽体。长大后分离出去而成为独立的个体。以这种繁殖方式产生的新个体与亲体有百分之百相同的遗传基因,用专业术语讲,克隆就是无性繁殖。

让一头雌羊或雄羊自己去繁殖出一头羊,这当然是不可能的,只有科学家在实验室中才能完成。英国罗斯林研究中心的伊思·威尔莫特就是从事这种研究工作的。多年来,他一直致力于改进动物的克隆研究。他的研究课题是:从羊身上取一个细胞,让这个细胞繁殖出一头羊来。这简直是天方夜谭式的神话,在伊思·威尔莫特之前被认为是不可能的。

伊思·威尔莫特从一头母绵羊身上取下细胞,用各种办法使它像一个胚胎一样生长,最终培育出了克隆羊多利。这条新闻顿时轰动了全世界。因为它打破了自然界亘古不变的生殖规律,是生物工程技术史上的一座里程碑,也是人类历史上的一项重大科技突破。

多利诞生以后，科学家们对于怎样运用这项技术及这项技术将发展到什么程度产生了严重的分歧。支持派的科学家认为，这项技术将能挽救濒危动物，并能为不能生育的人推出一项新的治疗技术。出于对我国国宝大熊猫的珍爱，在多利问世的那一刻，很多人就想到可以用克隆技术克隆大熊猫，这样国宝就可免遭灭绝之灾。但是，很快就有研究人员站出来说，由于克隆大熊猫的个体基因是一模一样的，因而不能增加大熊猫的遗传多样性，对大熊猫的繁衍没有好处。克隆动物将会导致生物种类减少，个体生存能力下降等后果。更严重的问题是，一旦将克隆技术运用到人身上，人类传统的伦理价值观念将遭到彻底的颠覆。面对一个用自己的体细胞克隆出来的跟自己一模一样的人，将无法判断这个人到底是你的孩子、兄妹还是其他什么人。随之将会带来一系列社会、伦理问题。我国和欧洲大部分国家都禁止克隆人。很多国家已制定相关法律限制克隆人。1997年3月5日，时任美国总统克林顿下令禁止联邦政府机构拨款资助人体克隆试验。

伊思·威尔莫特是一位谦逊而不爱出风头的科学家，对于这项研究，他只投入了有限的资金，远未料到这项科研成果对世界造成如此大的冲击。他说，他只想利用这项技术来改良家畜的品种和质量，克隆人应该被禁止。

一个建议与人造血管

1982 年，世界卫生组织的有关资料显示，全世界已经有 37 万多病人在使用人造血管，从而过上了健康的生活。

人造血管的基本材料是聚四氟乙烯，它的发明者是美国戈尔公司老板的儿子鲍勃。

1958 年初，鲍勃的父亲戈尔放弃了杜邦公司的优厚酬金，自己投资创办了戈尔公司，主要用聚四氟乙烯作为原材料来生产带状电缆。虽然生意红火了一阵子，可是到了 1969 年的秋天，由于市场竞争及产品的饱和，电线电缆的业务量逐渐减少……

"爸爸，这样下去总是不行的，要在新产品的开发上下工夫啊!"有一天，鲍勃这位化学博士向父亲提出了自己的主张。

"开发新产品也不是一件容易的事，要是能节省些材料就好了。"戈尔对儿子说，"节省原材料就能提高利润。"

"对，要是能把现在的这种聚四氟乙烯拉长，把空气吸到材料中，又不影响材料的性能，那就能大大减少生产的成本了。"鲍勃觉得父亲的话很有道理。

然而，当时的高分子加工领域的人都认为聚四氟乙烯是不能被大幅度拉长的。

真的不能拉长吗?有没有人真的拉过?年轻气盛的鲍勃就是不信。他想，还是自己动手试试看再说吧。于是。连续三天，他把一根聚四氟乙烯放在实验室的烘箱里慢慢烘烤，然后抓住两端，轻轻地拉。可是，每一次都是"啪"的一声，聚四氧乙烯被拉成了两截。后来，鲍勃又不断地调节着预热的温度，不停地拉，结果还是失败了。

有一天晚上，鲍勃又在做拉聚四氟乙烯的实验，拉一次失败一次。实在又气又恼的他，狠狠地抓住聚四氧乙烯猛地用力一拉，嘿，一英尺的聚四氧乙烯

竟然一下被拉成了两臂长。

"成功了,成功了!"鲍勃终于找到了拉长的窍门:烤热后用力要猛!

聚四氟乙烯能够拉长,这迅速为戈尔公司带来了效益。

一天,鲍勃的父亲和几个朋友参观鲍勃的实验室。一位医生朋友无意间看到被拉伸了的聚四氟乙烯管,立即惊讶地问:"这是什么新玩意儿?"鲍勃告诉他,这种聚四氟乙烯管,只要给它一定的热量和力度就能拉长。

"热量?力度?人体的血是热的,血的流动是有力的,能不能用它代替血管呢?"这位医生兴奋地说。

鲍勃立即说:"大胆地试一试吧,要是成功了,那可是造福千秋万代的事。"

后来,这位医生先用这种管子在猪身上做实验,果然能把猪的心血管接起来。接着,他又在人体上进行试验,发现人使用了这种管子以后,管壁上会长出小泡泡。这说明,用聚四氟乙烯做成的人造血管强度还不够,经受不住血的压力。鲍勃和公司的其他成员立即进行攻关,经过多次实验,世界上第一根人造血管终于问世了。

从此,许许多多心血管病人得到了第二次生命。

一次车祸与脖颈夹板器

1987 年 4 月,在第 15 届日内瓦国际发明与新技术展览会上,阿莉德·婷因发明脖颈夹板器,获得了世界知识产权组织每年向当年最优秀的女发明家颁发的金奖。消息一传出,她的亲友纷纷打电话向她表示祝贺。可是,她却笑着说:

"我在发明脖颈夹板器的时候,只是想,能为承受痛苦的人做点事情,就是自己最大的幸福。"

事实的确是这样,阿莉德·婷从事发明并没有什么了不起的动机,她搞这项发明时已经 40 多岁了,而且她并不是专门的研究人员。

1936 年 4 月 6 日,阿莉德·婷出生在挪威首都奥斯陆附近的一个农庄里。她的父亲虽然以务农为生,可是,一直爱好发明创造,有十几项发明专利,在当地很有名气。受父亲的影响,她对科学技术特别感兴趣,虽然在 25 岁时就结了婚,过着普普通通的家庭主妇的生活,但并没有失去对科学的热情,45 岁那年仍然到奥斯陆大学注册学习。

1984 年的一天,阿莉德·婷往学校走去。可是,交通突然阻塞,人们围成了一堵厚厚的墙。她拼命地挤过去,一看,一个男人的一只脚卡在废车堆里,一点儿也动弹不得,头部却在汩汩地流血……

"他的头骨破裂,千万不要轻易搬动。"学过一些护理知识的阿莉德·婷对赶来救护的人说,"移动头部真是太危险了。"

"要是把脊椎弄伤了,即使医院里有最好的外科医生也无能为力。"有些医学知识的人也附和着说。

"是啊,还是等急救车来了再说吧。"阿莉德·婷眼看着这个男人的血不断地在往外流……

后来,她不忍在现场看下去,伤心地回家了。

回家以后，她反复地想着这件事儿，那悲惨的情景总是让她难以忘怀。有一天，她忽然想，能不能用传统包扎断腿、断臂的夹板来包扎断裂的脊椎呢？或者说，能不能发明一种这样的夹板呢？那样的话，人们就不用担心在搬动受伤者头部时会弄伤脊椎了。

她决定进行这项十分有意义的研究。

于是，她从零开始，系统地学习了人的生理知识，对解剖学、骨科学、护理等有关的学科进行了认真的研究，并走访了一些骨科医生，随后开始设计脖颈夹板器，用两块板子夹住脖颈，搬动头部时，脊椎不会受到损伤。经过一次次试验，三年以后，阿莉德·婷这个普通的家庭妇女，终于完成了这项对人类十分有益的发明。脖颈夹板器的发明，为数以万计的头部受伤者的救护立下了汗马功劳。

世界上首个"试管婴儿"在英国诞生

2004年9月4日,在英国的布里斯托尔市上班的26岁姑娘路易丝·布朗披上了洁白的婚纱。一个普通姑娘的婚礼受到了全球的关注,原因是路易丝是世界上第一个试管婴儿。

20世纪六七十年代,路易斯的母亲莱斯莉因输卵管有病无法生育,经过医生九年的精心治疗,仍然未能怀孕,她和丈夫约翰决定接受一种尚无成功先例的"试管受精"技术。

试管受精时,首先将母亲身体卵巢里的卵子取出来——这叫人工采卵——把它放在预先准备好的,里面有供卵子生存发育的培养液和温度适宜的玻璃器皿中,然后加入从父亲身上采取的精子,使卵子受精。在玻璃器皿中,受精的卵子快速发育,到第六天已成为一个小小的胚胎。医生再把这个小小的胚胎放回母亲体内的子宫里,这时,胚胎与正常怀孕时的情况一样,在子宫里一天天长大,十个月后,便降生到这个世界上,开始了丰富多彩的人生。

人类对试管婴儿的研究最早是从动物开始的。1959年,美籍华裔生物学家张觉民教授进行兔子体外受孕实验,他将36个体外受精的兔胚胎移植到兔子的子宫内,成功地生下了15只健壮的小兔子,为人类的体外受精提供了参考。

英国科学家爱德华兹和斯蒂普特从20世纪60年代就开始"试管婴儿"的研究。1977年的某一天,他们从莱斯莉的体内取出卵子,和她丈夫约翰的精液一起放入培养皿内使卵子受精,然后将受精卵重新移入莱斯莉的子宫中。1978年7月25日,路易丝·布朗的诞生使全世界为之欢呼,成为世界各大媒体的头条新闻。路易丝出生10个月开始学步,3岁时可以满地跑,她的健康与聪明,改变了世人对"试管婴儿"的观望和反对态度。据统计,目前全世界平均每天有四名"试管婴儿"来到人间。

一转眼26年过去了,新婚的路易丝感到无比幸福,她的丈夫威斯利·穆林德是个警官,时年 33 岁。他们是两年前在布里斯托尔的一个夜总会认识的。当时,威斯利并不知道他一见钟情的快乐女孩竟是世界上第一个"试管婴儿"。

我国首个"试管婴儿"诞生在 1988 年 3 月 10 日,目前我国已掌握了成熟的"试管婴儿"技术。"试管婴儿"是生殖医学研究的一项重要突破,它为许多妻子卵巢功能不健全,不能正常怀孕,又想要孩子的家庭带来了福音。

基因组工程破译人体完整的遗传密码

一对新婚不久的夫妻,生下了一个白白胖胖的孩子。医生为新生儿作了一系列检查后,披露了这个孩子几年、十几年甚至几十年以后的许多事情,如这个孩子会长多高,是偏胖还是偏瘦,是否会患色盲,什么时候会得什么病,预期寿命大约有多少。孩子的父母听后说:"预言孩子多少年以后的事,这不成了给孩子算命吗?"

医生说:"不,这是人类基因组工程对人体基因序列的测定,揭开了生命的奥秘,破译出了人体生命的天书,完全是科学!"

人类基因组计划开始于 1990 年,这个计划与曼哈顿原子弹计划、阿波罗登月计划并称为人类自然科学史上的三大计划。

人生下来为什么是人,而不会是老虎或其他动物?这实际上是由生命遗传的基本单位——基因决定的。人类基因组计划就是为了破译出基因序列图,为人类提供一份生命的"说明书"。

这项由许多国家合作完成的人类基因组计划,美国承担了其中 54% 的工作,英国为 33%,日本为 7%,法国为 2.8%,德国为 2.2%,中国为 1%。中国是唯一参与基因组计划的发展中国家。

人体细胞有 23 对染色体,一半来自父亲,一半来自母亲。人体的 46 条染色体上,有 3.4 万~3.5 万个基因,远少于原先估计的 10 万个基因,比果蝇基因数多 2 万个。这 3.4 万~3.5 万个基因中,包含着 30 亿个碱基(比基因更小的遗传单位)。每个碱基中都蕴藏着生命的奥秘。

首先完成基因序列测定的是由美国和日本等国家承担的第 22 对染色体。在历经近 10 年的艰苦研究后,科学家们破译出这对染色体完整的遗传密码。我国于 1999 年跻身人类基因组计划,虽然参加时间较晚,但比原计划提前两年完成序列图的绘制工作,赢得了国际科学界的高度评价。

破译了人类基因组的遗传密码,就掌握了人类生命的奥秘,掌握了一个人会患什么遗传病,可能会在什么年龄段发病的奥秘,从而可以提前进行治疗。据统计,医院小儿科收进的小病人中,有三分之一的疾病与遗传有关。破译了人类基因组遗传密码后,人类甚至能够创造新的生命形式,如一个黄头发的人可以被切入黑头发的基因;新生儿可以按照人为的设计来进行基因组合,培养出更理想的新一代。因此,不远的将来,人类的外貌、智商等一切的一切,将会变得更完美。

冲洗照片与人造丝

很久很久以前,人类就渴望能够像蜘蛛那样生产丝。18世纪30年代,法国的科学家卜翁对蜘蛛吐丝作过专门的研究,并把上万只蜘蛛的丝液抽成丝,织成了一副手套,可惜这种蜘蛛丝很容易断,而且稍稍热一点儿就会化掉。显然,这样的丝是没有意义的。而且,需要那么多蜘蛛才能吐出有限的丝,很不值得。

那么,怎样才能实现人造丝的梦想呢?1884年的一个偶然机会,柴唐纳圆了这一梦想。

柴唐纳是法国的科学家,在工作之余爱摆弄他的照相机。一天晚上,他依旧走进自己的暗室里冲洗照片。可是,无意中他发现照片的底片竟溶解在由酒精和乙醚组成的混合液中,并形成了一种很黏稠的液体。

"咦,这是怎么回事,怎么会这样黏稠?这能不能做人造丝的材料呢?"柴唐纳心中暗暗惊喜。他一边轻轻地搅拌,一边仔细观察,他知道,科学界至今还没有解决发明人造丝的难题。同时,他也十分清楚,照片的底片是用硝化不完全的硝化纤维制成的,而硝化纤维里含有桑叶、棉花等物质。说不定,这些物质就能制造出人造丝。想到这儿,柴唐纳激动万分,决定亲自试验一下。

于是,柴唐纳像卜翁那样,拿来了针管,把这些液体吸进针管里。然后,用针管轻轻地往外挤,"嗞,嗞,"针头里果然喷出了一根长长的细丝。他用手轻轻地一拉,嘿,又轻又结实。

"人造丝,人造丝。"柴唐纳望着自己的杰作,连声自语,"真是想不到啊!我发明了人造丝。"

这就是世界上第一根人造丝。

由于硝化纤维是一种制造炸药的材料,用它来制造人造丝也相当危险。经过反复试验,柴唐纳终于制成了一种十分安全的硝化纤维,用这种硝化纤维制

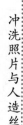

成的人造丝就不会爆炸了。

　　1889 年,柴唐纳把自己发明的人造丝拿到英国伦敦的国际博览会上参展,受到了人们的一致赞扬。两年以后,柴唐纳创办了第一个人造丝厂。从此,用人造丝做成的衣服渐渐流行起来,成为人类服饰中不可或缺的一道风景。

摄制人体内部结构的图像

我们的祖先很早就发现了磁石及其吸铁性,并加以利用。后来,人们又发现了磁石的指极性,于是又发明了指南针。

指南针发明后,很快就被应用到航海上,从此,人们把指南针比做轮船的"眼睛"。轮船长了"眼睛",才能远行万里。中国人发明的指南针,在 12 世纪以后传到了阿拉伯地区和欧洲。指南针的发明和应用,推动了世界航海事业的发展和东西方文化的交流。

我们生存的地球是一个巨大的磁体,它有磁南极和磁北极。指南针的磁北极与地球的磁南极互相吸引,因此指南针总是指示南北方向。研究表明,组成原子核的质子和中子也都有磁南极和磁北极,磁南极和磁北极总在一起,不可分离。

科学家对磁场进行了深入的研究,他们把一个磁南极与一个磁北极构成的整体称为磁矩。质子磁矩有两种取向,一种是与磁场平行,另一种是与磁场反平行。两种质子的能量不同,其能量的差与磁场强度成正比。用一束电磁波照射这些质子,当电磁波的能量恰好等于两种质子的能量之差时,能量低的质子就会吸收电磁波的能量而变成能量高的质子,这种现象就叫核磁共振。

1946 年,珀塞尔研究小组成功地观测到固体石蜡中氢核的共振吸收现象,几乎同时,布洛赫研究小组也成功地观测到水中氢核的共振现象。凝聚态物质的核磁共振观测成功之后,许多科学家立即感觉到,它可能在化学分析中有重要作用,也可能带来巨大的商业利益,于是,很快有人申请了第一个关于核磁共振的专利。从此,核磁共振研究和应用进入大发展时期。1949 年,第一台商用核磁共振仪问世。

20 世纪 70 年代初以来,核磁共振技术与图像重建技术相结合,形成了核磁共振成像技术。核磁共振成像技术在医学诊断中能发挥极大的作用,能够给出人体分子结构和生化病理的有关信息，突破了 X 射线成像技术只能提供有关组织的断层解剖结构信息的局限。现在, 核磁共振技术已广泛应用于临床诊断和其他医学领域中。

一次鼓励与"侯氏制碱法"

1913年,出生在福建一个农民家庭的侯德榜,以优异的成绩被选送到美国深造,专门学习化学。

在留美学习期间,他认识了专程从天津赶到美国考察化学工业的陈调甫先生:

"我们的化学工业很需要碱,可是我们还没有掌握制碱技术,只能靠外国人以高价卖给我们。你是学化学的,将来一定要在这方面多努力,那样,我们的民族工业才能够真正振兴。"

陈调甫先生这番语重心长的话深深地烙在了侯德榜的心里,也成为他学习和研究化学的动力。

在20世纪20年代,全球的碱生产都被英国的卡内门公司垄断,不但别的国家没有这项制碱技术,就是纯碱的价格也由他们说了算。这样,中国像许多国家一样,在制碱上只好看着英国老板的"脸色"行事,否则就得不到纯碱……

八年以后,侯德榜放弃了国外优厚的待遇,毅然回到了祖国,在天津碱厂担任总工程师。他把学习到的有关制碱的技术运用到了实践中,花了三年的时间,在天津碱厂制出了洁白优质的纯碱,日产量达到180吨,终于使中国的民族制碱工业在世界上抬起了头。

"我们自己也能制碱了!"天津碱厂的工人激动地喊起来。

不久,中国生产的"红三角"牌纯碱还在美国费城举办的万国博览会上得到了金质奖章。这让侯德榜大为振奋。

可是后来,德国人新发明了一种制碱技术,能使原料的利用率达到95%。侯德榜知道这个消息后,立即请厂里的总经理范旭东与自己一起到柏林考察,并希望把这项专利购买下来。他们到柏林以后,德国人根本瞧不起中国人,不让他们到碱厂里参观,更不要说买专利了。

侯德榜和总经理范旭东愤然回国。

"一定要自己想办法,只有自己才能救自己。"总经理充满希望地看着侯德榜说,"外国人能办的事,我们中国人也能办。"

"不,我们要比外国人办得更好。"侯德榜斩钉截铁地说。

从此,侯德榜日日夜夜泡在他的制碱实验室里,一种样品一种样品地试验,一个难题一个难题地攻克,一项技术一项技术地摸索……侯德榜经过对2 000多种样品的分析,500多次的反复试验,最后把氨碱法和合成氨法联合起来,将原先的废液和废气都加以回收和利用,同时制成了纯碱和化肥氯化铵。这种新的制碱工艺,使原料的利用率达到了98%,比外国人的制碱法在利用率上高出了3个百分点,还具有连续循环生产的特点,对纯碱和氮肥工业的发展起了重大推动作用,是世界制碱史上一项里程碑式的发明。

侯德榜发明的这种联合制碱法被人们称为"侯氏制碱法"。

一场水灾与精神症的发现

"汪汪""汪汪"……

汹涌的洪水把关在铁笼里的狗吓得狂叫起来，拼命地扑腾着，希望冲出笼子。它们紧张极了，害怕极了……

这是俄国著名生理学家巴甫洛夫用来做实验的狗。

巴甫洛夫出生在俄国的一个牧师家庭，少年时在教会学校读书，父亲也希望他能当一名牧师。然而，巴甫洛夫却对科学探索更感兴趣。中学还没有毕业，他毅然提前一年去了彼得堡，并通过了大学的入学考试，成为彼得堡大学的学生。起初，他学习的是物理和数学专业，但是，最吸引他的还是生物实验，因此，又改学了生理学。毕业时，获得了学校奖给他的一枚金质奖章。大学的学习，奠定了他从事生理学研究的坚实基础……

这场大水渐渐退去了，这些狗虽然也被救了出来，可是都吓出了毛病：狗突然不认识天天与它们打交道的巴甫洛夫了，给它们喂食的时候，连头也不抬；平时，只要灯光一亮，由于条件反射的作用，这些狗就会跑过来，胃里就会分泌出胃液来，现在，这些现象全消失了……

"一定是这场大水把它们全吓坏了。"巴甫洛夫望着一只只目光发呆的实验狗心里想，"可见，强烈的刺激损害了狗的中枢神经。"狗患上了精神症。

由此，这位爱动脑子的科学家立即想到了人类的精神病。他希望把自己的研究成果用到人类的疾病治疗上。

于是，巴甫洛夫来到了列宁格勒的一所特殊医院，住在这里的都是精神病患者。

"瞧，这个病人受到了一次精神创伤后，就这么一直昏睡着。不吃也不喝，只靠输液来维持生命。"一位医生向巴甫洛夫介绍说。

"可是，我们请教了许多名医，至今也没有诊断出他患的是什么病，真是怪

事。"另一位医生接着说,"仔细检查后,这位病人的器官根本没有病,像在睡觉,但是,哪儿有睡这么长时间的人?"

巴甫洛夫从水灾中实验狗受到惊吓后出现的反常情况想到了这位病人,想了想,对医生说:"他实际上没有病,只是脑子受到了强烈的惊吓,才出现一种深度的抑制,进入了睡眠状态,像动物的冬眠一样。这种睡眠也许是一种保护措施,或者说是一种治疗方法。也许有一天,他会突然醒来的。"巴甫洛夫沉思了一会儿说:"如果硬要说他有病,那就叫精神症吧。"

生理学家巴甫洛夫第一次提出了精神症这一概念,并提出用药物加深睡眠的方法来治疗,为许多患者带来了福音。

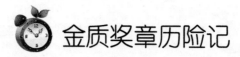# 金质奖章历险记

1943 年，丹麦处于德国法西斯统治的水深火热之中。一天黄昏，举世闻名的丹麦物理学家玻尔正在埋头做实验。突然，一个警官破门而入，急促地说："玻尔教授，您被盖世太保列入黑名单，上级命令您今夜必须离开丹麦。"

玻尔一想到要离开祖国，就从提包里把诺贝尔物理学奖金质奖章取了出来，说："我要把这枚奖章留下，以表示我返回祖国的决心！"

"教授，难道您不担心狡猾的盖世太保会找到您的奖章吗？"警官担忧地说。

玻尔思考了一会儿，说："这些愚蠢的家伙，绝不会找到的！"说完，他娴熟地先后把浓硝酸和浓盐酸倒入烧杯，然后把金质奖章放进了烧杯的溶液中。

警官惊呆了！

"我刚才用一体积的浓硝酸和三体积的浓盐酸配制成'王水'，待奖章溶解后，在眼皮底下他们也看不出来。"

1945 年，第二次世界大战结束后，玻尔从美国归来，用铜把液体中的金置换了出来，又重新铸成一枚与原来一样的诺贝尔奖章。

海滩上的野餐与玻璃

有一天，一艘腓尼基人的商船在航行时遇到了大风暴，只好驶进一个港湾避风，等风平浪静之后，再继续航行。

中午时分，腓尼基人准备上岸野餐。可是，四周连一块架锅的石头都没有，他们感到很沮丧。

"船上不是有苏打块吗?搬几块下来支锅好了。"一个年轻的船员想出了主意。于是，大家七手八脚地从船上搬来了几块大的苏打块，将锅架好后，便找来一些柴火烧起来。

第二天，腓尼基人要起程了，当他们收拾餐具准备上船时，一个船员忽然大叫起来："这是什么东西，快来看看呀!"

船员们赶紧围了上来，只见锅下的灰中有一种闪闪发光的东西，晶莹剔透。

"不像是金属。"

"也不是石块。"

人们从没见过这种东西，大家七嘴八舌，你一言我一语地猜测着。他们哪里想到。这沙地上都是石英砂，烧火做饭时，支着锅的苏打块在高温下和石英砂发生了化学反应，变成了玻璃。

回去之后，有一个商人对玻璃产生了浓厚的兴趣，他觉得这很有商业价值，便动手制作起来。他先将石英砂和天然苏打搅拌在一起，制成玻璃液，然后，将玻璃液做成各种各样、大小不一的珠子，运到市场上销售。出乎意料的是，这种东西很受人们的喜爱，有的人还用黄金来进行交换呢。

从此，玻璃行业在世界上迅速发展起来。

碱性矿土与新元素的发现

化学家戴维出生于 1778 年 12 月 17 日,父亲是个木刻匠,家乡依山傍海,风景非常秀丽。年幼的时候,戴维像一般的小朋友一样,很顽皮,对学习一点儿也不感兴趣。

有一次,他的老师看见小戴维的耳朵上粘了一大块胶泥,就斥问这是怎么一回事。戴维不紧不慢地站起来,大声说:"报告老师,这是因为怕我的耳朵被你揪烂。"顿时,全班哄堂大笑。原来,老师柯里顿脾气很古怪,动不动就会揪孩子的耳朵⋯⋯

16 岁那年,父亲因病去世,戴维只好到镇上一位名叫波拉斯的人那儿当学徒,负责配药和包扎的工作。这一年,他遇上了蒸汽机发明家瓦特的儿子彭桑斯来镇上养病,小瓦特的博学使他羞愧不已。他也翻然醒悟,从此发愤自学了植物学、药学、病理学、解剖学、物理学、英语、法语、拉丁语、修辞学、逻辑学等等。同时,他找到药房里现成的酸、碱类药品做实验,验证自己学到的理论。

20 岁那年,戴维因出色的实验能力被牛津大学的化学教授贝多斯看中,调到了新成立的气体实验室工作。戴维终于有了用武之地,完全沉醉在化学实验的快乐中。

当时,提出的化学元素周期表里只记载了 33 种元素,还有许多元素并没有被列入。戴维决定通过实验来研究化学元素。1807 年 10 月 6 日,他在钾碱的溶液里通上强大的电流进行电解实验时,突然发现在阴极周围冒出了闪光的小珠子,这种物质燃烧时发出了噼噼啪啪的响声,闪动着紫色的火焰⋯⋯

"这是一种新物质。戴维,你真棒!"戴维激动得手舞足蹈,他从钾碱里发现了新元素——钾!它是银白色软金属,燃烧时火焰呈紫色。遇水剧烈反应,放出氢气,同时燃烧起火,一般保存在煤油中。

成功给戴维带来了巨大的动力:他在实验室里废寝忘食地工作,一会儿安装新仪器，一会儿给药品加热，往往一天要进行好几项实验。后来，他对苏打进行电解，得到了柔软如蜡的新金属——钠；第二年，他从碱性矿土里发现了四种新的金属：钙、镁、锶、钡，又用强还原性的钾制备了硼。在不到两年的时间里，伟大的化学家戴维连续发现了七种新元素，轰动了整个化学界。

地球上彻底消灭天花病

　　曾经,天花与鼠疫一样是极其恐怖的传染病。1967 年,世界卫生组织发起了消灭天花的行动,经过多年的努力,1979 年,世界卫生组织宣布在地球上彻底消灭了天花。消灭天花后,节省的疫苗接种和监测费用每年约 10 亿美元,是消灭天花所耗费用的 3 倍。世界卫生组织还向全球发出一则悬赏,承诺今后对首个重新发现天花的人给予 1 000 美元的奖励。

　　天花是由病毒引起的烈性传染病,受感染的人即使侥幸不死,也会留下满脸的麻点,样子变得丑陋不堪,也有很多人失去了听觉,甚至双目失明。在人类历史上,天花曾给人类带来惨重的灾难。据史书记载,公元 846 年,入侵法国巴黎的来自塞纳河流域的诺曼人中间,突然流行起天花。残忍的首领为了不使传染病累及自己,采取了残忍的、令人毛骨悚然的手段——下令杀掉所有天花患者和所有看护病人的人。曾有一个欧洲的国王,他的妻子患了天花,由于御医不能挽救她的生命, 国王下令把御医全部用剑砍死。美洲原有居民几千万人,由于天花的肆虐,到 16 世纪结束时,只剩下 100 万人。

　　防治天花,古代的中国处于世界先进行列。远在 16 世纪明朝隆庆年间,我们的祖先采用轻度天花病人的痘痂,用棉花浸蘸后塞入鼻孔来预防天花,这实际上是一种种痘技术,效果很显著。防治天花取得决定性成果的是英国乡村医生爱德华·琴纳。1796 年 5 月 14 日,挤奶姑娘尼姆斯从奶牛身上感染了天花,但她只是手上出现了一个小脓疱,并没有天花传染病的症状发生。琴纳从尼姆斯手上的小脓疱上取下一点点淡黄色的脓浆,再用一把小刀,在一个男孩右臂的皮肤上轻轻地划了一条小伤痕,将脓浆涂到小男孩右臂划破的地方。过了两天,小男孩感到有些不舒服,但很快就好了。又过了一段时间,琴纳将从发病严重的天花病人身上取来的脓液, 接种在那个小男孩身上, 时间一天一天过去了。小男孩并没有发病。1797 年,琴纳将接种牛痘预防天花的研究结果写成论

文送到英国皇家学会，并筹集经费刊印发表了这篇论文。

人类终于认识到了自身的免疫功能，即人体只要接种一次天花疫苗，就可以获得终身或 10 年以上的免疫能力。随着病毒和病菌逐一被发现，在以巴斯德、郭霍、贝林为代表的科学家的努力下，预防炭疽病、狂犬病、白喉等严重传染病的疫苗逐步被开发出来。

天花是第一个被人类彻底消灭的烈性传染病。

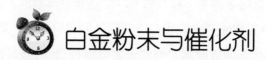

白金粉末与催化剂

在现代化学工业中,约有 85％ 的化学反应离不开催化剂。比如说,在炼油、制造塑料、合成纤维、合成橡胶等工业中,催化剂都起到了"点石成金"的作用。催化剂的种类很多,有酸、碱、盐、金属等,可达一百万种。

你知道催化剂是怎样发现的吗?

一百多年前的一天早晨,瑞典化学家柏齐利阿斯像往常一样,吃完饭就去实验室,刚走出家门,妻子追上来,叮嘱他说:

"别忘了,晚上早点回来,今天是你的生日,我要办宴席,请亲朋好友来庆贺一下。"

他深情地望了望妻子,微笑着点了点头,就去实验室了。

柏齐利阿斯在他的实验室,常常一工作起来就是几个小时,有时甚至是十几个小时。这不,夜幕已经降临,他还全然不知,完全沉浸在他的实验中,妻子的话早已被抛到九霄云外了。

"当! 当! 当!"墙上的挂钟敲响了,他抬头一看,七点了,才突然想起妻子的话,便急急忙忙往家跑。

"真糟糕,怎么把这事忘了呢?"他边跑,边责备自己。

快到家时,他老远就望见客厅里灯火通明,并传来一阵阵欢声笑语。

一进门,朋友们便纷纷围了上来,举杯庆贺。他也来不及解释,更顾不上洗手,就接过酒杯,一饮而尽。

他用手抹了一下嘴角,突然对妻子惊叫一声:"你怎么把醋当成葡萄酒给我喝了?"

听到他的喊声,朋友们一下子愣住了:"这怎么可能呢,这杯子里是葡萄酒呀。"大家你望望我,我望望你,一时都不知所措。

"你是做实验,搞昏头了?"妻子委屈地说。

接着,大家又斟了一杯酒品尝,确实是又香又甜的葡萄酒呀。

柏齐利阿斯也随手倒了一杯,喝了一口还是酸溜溜的。他又让妻子尝一下,妻子喝了一口立即吐了出来。

"甜甜的酒,怎么变成酸的了呢?"大家觉得很奇怪,都呆呆地望着柏齐利阿斯。

柏齐利阿斯也觉得蹊跷,便对自己的杯子进行检查,这才发现杯子上沾了少量的白金粉末。再一看自己的双手,十个指头上都沾有白金粉末。

"哇,太好了,原来是这样。"他高兴地跳了起来。于是,他给大家斟满酒,举起杯子说:"朋友们,干杯!"……

原来,把葡萄酒变成醋酸的是白金粉末。它能促使乙醇(酒精)与空气中的氧气发生化学反应,生成醋酸。

后来,人们把这种促使化学反应速率发生改变的作用叫"催化作用";这种在化学反应中能改变反应速率的物质叫"催化剂"。

催化剂分正负两种,能使化学反应速率加快的催化剂,叫正催化剂;相反,能使化学反应速率减慢的催化剂,叫负催化剂。

催化剂的诞生,标志着现代化学工业的开始,柏齐利阿斯也因为发现了催化剂而永载史册。

美国科学家发明人造血

　　鲜红的血液是宝贵生命的象征。人体缺少血液，或血液出现了问题，生命就会发生严重障碍，甚至因此丧失生命。因此，科学家们一直在研究能够替代血液的人造血。但是，许多年以来，一直没有明显进展。就在科学家们一筹莫展的时候，一只未被淹死的老鼠给人造血的科研工作带来了新的转机，呈现出鼓舞人心的"柳暗花明又一村"的景象。

　　那是 1966 年的一天，美国科学家利兰·克拉克正在医药实验室里做实验，一只供实验用的老鼠突然从笼子里逃了出来。克拉克转身去捕捉老鼠，那只老鼠行动敏捷，怎么也捉不住它。最后，惊慌失措的老鼠掉进了一只装有氟碳化合物的容器里。克拉克赶紧去捞，那只老鼠不配合，捞了半天也没捞上来。当老鼠被捞上来时，克拉克以为淹了半天的老鼠应该已奄奄一息了，哪知老鼠一抖身上的液体，一下子敏捷地逃窜而去。

　　为什么这容器里的液体不会淹死老鼠呢？克拉克一下子来了兴趣。他放下手中的实验，转而研究起容器里的液体来。经分析，这种溶液叫二氟丁基四氢呋喃，溶氧能力特别强，约为水的 20 倍，氧的溶解度占其体积的 40% ~ 50%，老鼠在这样的溶液里可以维持较长的生存时间。为了证实这一点，克拉克特意捉来几只老鼠，将它们浸在溶液深处达两小时，再捞上来时，老鼠们依然活蹦乱跳。后来，克拉克又将这种溶液注射到老鼠体内，代替老鼠的血液，老鼠也存活了好几个星期。

　　为什么这种叫做二氟丁基四氢呋喃的溶液能代替血液呢？原来血液在体内循环时，最主要的功能是携带氧气进入体内，通过毛细血管，将氧气送到各个器官组织的细胞里去进行生物氧化反应。这种携氧的工作是由血液中的血红蛋白来完成的，所以人造血又称人造血红蛋白液。

　　但是，美国科学家克拉克研制的人造血还不能在临床上投入使用。因为二

美国科学家发明人造血

氟丁基四氢呋喃溶液颗粒太大,输入体内后不能排出体外,会在人体器官里沉淀下来,导致人体慢性中毒。美国科学家又找到另一种氟碳化合物,叫全氟萘烷,它可从尿道和汗腺中排出,但还存在堵塞微血管的副作用。后来,日本科学家发现,在全氟萘烷溶液里加入少量的全氟三丙胺再经人工乳化,就能解决上述问题。经动物试验后,1979 年 4 月,日本医生用这种人造血给一位大失血病人输血获得成功。

人造血没有血型,人人可输,又可在制药厂大批量生产,而且可保存三年,携氧能力比真血高两倍,全世界已普遍在临床中应用。我国从 1975 年开始研制人造血,1980 年 6 月 19 日在上海临床应用获得了成功。

"点石成金"与人造宝石

19世纪的时候，金刚石作为一种名贵的装饰物，深受淑女们的喜爱。她们把金刚石加工成各种各样的饰品，佩戴在身上，既为自己增光添彩，也向别人显示自己与众不同的身份……

可是，天然的金刚石产量实在太少，根本无法满足人们的需求。药店学徒出身的法国化学家莫瓦桑，看到这种情况后在心里想：能不能用人工制造金刚石来满足人们的需要呢？那样不就解决供求紧张的问题了吗？他认为这是一项很有意义，也很有前景的事业。于是，这位刚登上化学殿堂的年轻人，在化学界同人的异样目光中，开始了艰难的探索。

他希望人类能用自己的手把石头变成"金子"。

在当时，人们已经在陨石里发现了石墨和碳这两种物质，而天然的金刚石里也夹杂着石墨和碳。这就是说，金刚石是由石墨和碳在不同的条件下转化而成的。莫瓦桑在研究中发现，要使石墨和碳变成金刚石，就必须要有强大的压力。因此，莫瓦桑就用各种各样的方法对石墨和碳进行加压，希望它们能够变成金刚石。然而，在对碳和石墨加压过程中，他发现挤压不行，撞击也不行……一次次失败让他痛苦不堪，但一次次失败也让他制造金刚石的意志更为坚定！

后来，他终于想到利用"热胀冷缩"的方法给它加压，这一招果然有效。他设计了一种特殊的装置，在熔化的铁液中掺入少量的碳，使碳和铁液混在一起，然后把烧红的铁液一下子倒入冷水中，水立即产生了强烈的嘶鸣声，一团团水蒸气迅速升腾。熔化的铁立即变成了固体，同时，内外产生了一股非常强大的压力，使金属铁中的那些碳变成了一颗颗很小的亮晶晶的结晶体——这种新物质，比天然的金刚石黑一点儿，不像天然的金刚石那样闪烁着迷人的光泽，但是硬度比一般的物质强多了，用来打磨其他物体真是绰绰有余……

这就是第一颗人造金刚石。

　　法国科学院经过慎重论证,立即向全世界公布了这一惊人的喜讯:贵重的宝石,完全可以用碳作为原料,用人工的方法制造出来!

　　有了莫瓦桑的创举,人类从此翻开了人造宝石的新篇章!

世界第一例心脏移植手术

南非位于非洲最南部,东、西、南三面为印度洋和大西洋所环绕。1967年12月的一天,南非的克里斯蒂安·巴纳德在开普敦成功地进行了世界上第一例心脏移植手术,引起了国际社会的极大关注。

巴纳德生于1922年11月8日,父亲正当·巴纳德是开普敦以北400千米的一个小镇上的神甫,巴纳德曾就读于开普敦大学医学系,1948年结束了在赫罗特·舒尔医院的实习后,曾去农村行医,以后又回到城市,并曾去美国深造。施行首例人体心脏移植手术前,巴纳德一直在用狗做相关的实验,掌握了心脏移植的丰富的动物实验资料。

1967年,开普敦的赫罗特·舒尔医院有一个53岁的叫做路易斯·瓦希康斯基的男性病人,他的心脏已严重病变。1967年12月的一天凌晨,当地发生了一起严重车祸,25岁的妇女丹尼斯·达维尔的头部和下肢撞损严重,已丧失意识,但她的心脏完好无损,在体内仍有不规律的搏动。在征得丹尼斯家属和那位男性心脏病人的同意后,巴纳德决定进行心脏移植手术。在手术室里,巴纳德和他的30名助手切开了男性心脏病人的胸部,打开胸腔,露出了已经肿大、带灰斑的心脏。通过人工心肺机,使病人仍保持正常的血液循环。在摘除病变心脏时,巴纳德保留了它的上部,然后切下年轻妇女健康心脏的95%,缝在保留的心脏上。然后,巴纳德给它加上了两个细电极,对心脏进行电击,使它重新搏动。实施电击后,心脏恢复了正常跳动。整个手术进行了近5个小时,手术顺利结束。

就这样,一颗年轻妇女的心脏在一个中年男性的体内有节律地跳动了起来。

手术是成功的。但18天后,因为抑制排异反应的药物损害了病人的免疫系统,病人死于肺炎。手术后,巴纳德表示:"心脏是一种非常易于移植的器官。

心脏的移植并不是一次科学的突破，它只是一次技术突破。今后将在医学领域内出现更为伟大的科学突破。"

目前，随着控制人体器官移植排异反应药物的开发成功，一般的综合性医院都能进行心脏移植。今后要实现的器官移植的目标是脑细胞移植及将动物器官移植到人体内。

染色的绸子与合成染料

"奎宁这种药品,价格昂贵,而且欧洲又不易买到。要是能人工合成奎宁,该多好啊。"帕金这个英国皇家化学学校的学生,一直这样想着……

1856 年的复活节到了,帕金便利用这个节假日,在实验室中开始了对奎宁合成的研究。实验中他发现,从煤焦油里提炼出来的物质中,有几种物质的化学结构与奎宁的化学结构十分相近,帕金就对这几种物质进行了各种化学处理,想使它们变成与奎宁类似的物质。可是,不论他如何处理,都失败了。他又选用当时本校校长霍夫曼用苯制成的苯胺做原料,在其中加入重铬酸钾使其氧化。这时产生了黑色的沉淀物。

"奎宁是白色的粉末,这分明就是两种不同的物质。"实验又失败了,帕金很失望。在他刚要倒掉这些让人心烦意乱的黑色的沉淀物时,他忽然想到:"这会不会是一种新物质呢?"细心的帕金为了弄清这种黑色沉淀物的成分,又继续了他的研究。

"如果将这种黑色沉淀物溶解于酒精,会怎么样呢?"他边想边做实验。结果出现了一种有趣的现象:溶液竟然变成了美丽鲜艳的紫色。帕金不禁惊奇地大叫一声。帕金顺手将身边的一块绸子放在这种溶液里浸泡:"嘿,绸子居然也变成紫色了。"

第二天,他又将这块染色的绸子用肥皂清洗,然后放在太阳光下曝晒。令人惊奇的是,紫色不但丝毫不褪,而且色彩鲜艳如初。

18 岁的大学生帕金,制成了这种深紫色的染料。从此,产生了人工合成染料这一新工业。

袁隆平与杂交水稻

1964 年,又一个水稻扬花的季节来临了。农业专家袁隆平像往年一样,在他的试验田里仔细巡视起来。突然,他的眼睛一亮:"呀,这不正是我要找的水稻植株吗?"眼前的这株水稻,稻花内的雌蕊发育正常,雄花却呈现出干枯的样子……

袁隆平立即蹲下身子来,把这株水稻小心地挖了出来,慢慢地移到了试验盆里。同事们见了,非常惊讶地说:"怎么,找到了宝贝?"

"是啊,它的确是宝贝。现在,它比什么都重要。"

后来,他在这片稻田里又找到了三株像这样的水稻,激动得说不出话来。他说,"丰收计划"就要实现了……

1953 年,袁隆平从西南农学院毕业,自愿来到地处湖南安江镇的黔阳农校,当一名普通的老师,希望在这里实现自己的梦想:培育出一种高产优质的水稻品种。从 1960 年起,他的研究思路渐渐明朗,要想培育出一种高产优质的水稻,最好是培育出一种杂交水稻种子,让它的第一代展现最大的优势,从而极大地提高水稻的产量。可是,要培育出杂交水稻,首先要找到雄性不育的水稻植株,因为水稻是雌雄同花的自花授粉植物,在同一朵花上并存着雌蕊和雄蕊。只有找到雄蕊不育的植株,才能实现异花授粉,才能人工培育出杂交水稻。

想想看,在茫茫稻田,在几百甚至几千株水稻中,要找到一株雄性不育的水稻植株,这是多么困难啊——就像大海捞针一样!

然而,袁隆平在一块稻田里竟然找到了好几株这样的水稻植株,怎么能不让他兴奋呢?这一年,袁隆平像对待婴儿一样培育着他的这几株水稻,亲自为它们浇水、施肥,并定期观察、记录,又用人工的方法将别的稻花采过来与它们杂交,从而成功地繁殖出第一代雄性不育稻种。

1971 年,中国农业科学院在袁隆平的倡议下成立了杂交水稻协作组,全国各地的几百名农业科学技术人员在他的统一指挥下，一起向杂交水稻攻关。1973 年，袁隆平的杂交水稻试种成功，亩产达到 500 公斤，晚稻亩产达 600 公斤。这是中国广大农民一辈子想都不敢想的产量。1975 年，全国的杂交水稻种植面积达 5 000 亩，1980 年扩大到 8 000 万亩，袁隆平为中国的水稻大丰收作出了杰出贡献，解决了无数人的温饱问题。

　　1981 年，国务院在北京召开表彰大会，袁隆平个人荣获一枚特等发明奖章。袁隆平的杂交水稻也从中国走向了柬埔寨、泰国等国家，在世界范围生根发芽，开花结果……

一次事故与"断肢再植术"

陈中伟是上海市第六人民医院的骨科医生，被誉为"断肢再植术的奠基人"，完成了 300 多例断肢再植手术，手术成功率高达 92% 以上，在医学界创造了一个奇迹。

那么，陈中伟在断肢再植术上是怎样迈出第一步的呢?

1963 年的一天上午，陈中伟收治了一个病人：机床钢模板厂工人王存柏在冲床车间操作时，右手腕以上一寸处不慎被整齐切断……

"陈医生啊，您一定要救救我。"王存柏一边呻吟着，一边向陈中伟哀求着，"我不能没有手，我还要工作……"

"陈医生，我们工人一天也不能没有手啊!"一起送王存柏的厂里领导恳求着说。

"陈医生，一定要想想办法把这手给接上啊!"工人们送来了王存柏那只鲜血淋漓的断手。

陈中伟眼眶湿润了，久久说不出话来，小时候那难忘的一幕再次浮现在眼前。

他出生在一个医生家庭，受家庭的影响，从小就爱包扎什么的，好像天生就是个做医生的料。有一次，他家的狗被车压伤了，拖着一条鲜血淋淋的腿跑了回来。他抱起来一看，小狗的后腿被车压断了。

"快想想办法救救这可怜的小狗吧。"

"快给它喂点儿止疼药。"

小伙伴们七嘴八舌地说着。陈中伟想了想，说："干脆给小狗把断腿接上去。要不救不了它。"说完，他拿来了父亲的解剖刀、剪子、针线、纱布等工具，像模像样地替小狗实施了"接骨手术"。可是，几天以后，那只小狗还是死了，那只断腿依然耷拉着……

从此,他立志要攻克"断肢再植技术"的难关,直到在上海第二医学院医疗系学习,也时时刻刻没有忘记自己的"诺言"。可是,望着眼前王存柏的断手,他迟迟下不了决心。

"王师傅,我不是不想替您接好这只断手,只是目前不要说我们没有这能耐,就连国外也没有这种技术啊!"

"那您就死马当活马医吧,治不好我不怪您!"王存柏痛苦地说。

"是啊,陈医生,我们就试试看吧。"旁边的助手也向陈中伟建议。

陈中伟深深地点了点头。

事不宜迟,他又请来了擅长接血管手术的外科医生钱允庆帮忙,然后立即对王存柏的断手实施再植手术。陈中伟从上午 9 点半开始,一直到下午 5 点,整整七个半小时,他始终没有离开手术台半步……当完成了王存柏的断手再植手术时,他整个身体就像散架了一样。

几个月后,王存柏右手能够活动了,能够拿报纸了,能够举筷子了……"谢谢您,谢谢您,陈医生……"王存柏连声说。陈中伟高兴得热泪盈眶。陈中伟首创的断肢再植术轰动了世界。

维持生命的营养素

维生素曾被译为"维他命",是维持生命的营养素,人和动物缺了它就不能正常生长,并会发生特异性病变——维生素缺乏症。

维生素在人体内的含量很少,但生理作用很大。新陈代谢需要人体特殊的蛋白质——酶的催化。人体中大约有几千种酶,负责不同物质的合成与分解。而维生素作为体内一些重要酶的辅助成分,参与广泛而重要的代谢过程,使机体的功能得到有效的调节。它们在人体内不能合成,必须由食物直接供给,一旦食物中缺乏某种维生素,就会引发病症,例如维生素 C 会导致坏血病,缺乏维生素 B_1 会导致脚气病。

三千多年前,古埃及人发现夜盲症可以由一些食物治愈,虽然他们并不明白是食物中的什么成分起到了医疗作用,但也说明人类对维生素有了最初的认识。

1700 年,欧洲某国有一个船员在海船上得了严重的坏血病,生命奄奄一息。船员们不得已,只好把他抛弃在一个荒岛上。他苏醒过来后,用野草充饥,几天后,他的坏血病竟然不治而愈了。英国海军军医林德从中吸取经验,建议海军和远征船员远航时要多吃些柠檬。英国海军采纳了这项建议,从此不再发生坏血病。

随着时间的推移,人们认识了维生素和它的大家族,于是用英文字母排列,从 A、B、C 一直排列到 L、P、U 等几十种。

世界上第一个把研究维生素作为一门学科提出来的人,是英国化学家霍普金斯。

1912 年,霍普金斯在使用人工合成饲料喂养动物时,发现单一食用高度精饲料的动物,其生长速度比吃复合饲料的动物慢。这是为什么呢?他分析各种原因,终于发现在酵母汁、肉汁中都含有动物生长发育和新陈代谢所必需的微量有机化合物，它们与脂肪、蛋白质、碳水化合物、无机盐及水同样重要，是维持生命不可缺少的物质。他将这类微量物质命名为"维他命"，又称维生素。从此，人们解开了因缺乏这一微量物质而引起的特异疾病之谜，并为这些病的治疗找到了正确的途径。霍普金斯的这一重大发现，使他获得了 1929 年诺贝尔生理学或医学奖。

霍普金斯等人的工作开辟了一个新的研究领域，具有极大的实用价值。吸引了更多的科学家去研究维生素，并使这项工作在此后的几十年内获得了重大突破。1915 年，戴维斯指出，维生素可以分为两类，即脂溶性维生素和水溶性维生素。1922 年，科路曼从脂溶性维生素中分离出维生素 A 和 D，同年又发现了维生素 E。人们在弄清了坏血病的病因后，提炼出维生素 C 来治疗坏血病。接着，科学家又发现了维生素 B_2，合成了维生素 A……2003 年，中国爆发了"非典"疫情，医学专家提出可以采取补充足量的多种维生素的方法来预防，取得了较好的效果。

维持生命的营养素

高温下的氮气与充气灯泡

1909 年夏天,化学家米兰尔来到美国通用电气公司从事钨丝电灯的研究工作。

1879 年,美国大发明家爱迪生发明了炭丝电灯,这种白炽灯不太亮,寿命较短。后来,通用电气公司的研究人员库里基发明了用钨丝做的电灯泡,由于通电后钨丝容易变脆,灯泡的寿命受到严重的影响。因此,公司领导要求实验室的研究人员攻克延长钨丝寿命的难关。

"把玻璃灯泡内的气体全部抽掉,这是目前的最佳方案。"研究人员告诉米兰尔。米兰尔对"真空灯泡"产生了浓厚的兴趣。

"要想攻克这个难关,必须弄清钨丝变脆的原因。"米兰尔是个独创性很强的人,立即投入了研究。

他认为,钨丝变脆是由钨丝内的气体杂质引起的。他提出建议:在高真空的条件下,加热各种灯丝样品,测定一下各种情况下所产生的气体量。

实验结果表明,米兰尔的想法是正确的。没有在真空条件下长时间加热的灯泡,玻璃表面会慢慢放出水蒸气,这些水蒸气与灯泡内的钨丝发生化学反应,产生氢气,灯泡接头的地方,一些材料也会释放出气体,正是因为这类气体的化学作用,才使钨丝变脆,灯泡壁变黑,因而降低了钨丝灯的使用寿命。

这时,大家一致认为,只有进一步提高灯泡的真空度,才能最后解决难题。

但是,米兰尔的想法恰恰相反,他说:"把各种不同的气体分别充入灯泡内,看看各种气体和钨丝会有什么样的反应。"

经过一番讨论,大家一致同意米兰尔的意见。

于是,米兰尔分别把氧气、氮气、氢气、水蒸气、二氧化碳等气体分别一次次地充入灯泡,并在高温、低压等不同的外界条件下进行测试。

"你们看,在高温下氮气并不离解,许多蒸发出的钨原子,撞击到氮分子后，又回到了钨丝上。"有一次，米兰尔兴奋地发现了氮气与钨丝之间的"秘密"，激动地说，"也就是说，氮气对钨丝有保护作用，能使钨丝寿命延长。"

米兰尔如释重负。

又经过四年的艰苦奋斗，米兰尔终于成功地制造了功率大、寿命长、效率高的充气灯泡。后来，他又发明了以氩气代替氮气制成的小功率充气灯泡。

米兰尔发明的充气灯泡，对高温、低压下化学反应的研究等方面贡献很大，于1928年获得了美国化工学会颁发的帕金奖章。现在，人们仍然使用这种充气灯泡。

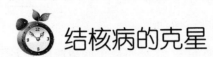

结核病的克星

在很长的一段时间里，人们并不知道有一种病叫结核病，更不用说对这种病进行治疗了。

事实上，全球约有 20 亿人受到过结核杆菌感染，肺结核病人已超过 2 000 万，每年新增加肺结核病人 1 000 万，每年因肺结核病死亡达 300 万人；中国的结核病患者约有 600 万人。所以，防治结核病是全球最紧迫的公共卫生问题之一。1993 年，第 46 届世界卫生大会上通过了《全球结核病紧急状态宣言》，要求全球采取紧急措施与结核病作斗争。1996 年，国际卫生组织和国际防痨肺病联合会决定把每年的 3 月 24 日定为"世界防治结核病日"。

肺结核病是由结核杆菌经呼吸道传播引起的慢性传染病。儿童经接种卡介苗已经很少发病，青壮年和老年人最易受结核杆菌感染。尤其是老年人，由于机体免疫机能下降，有一定的诱因时，如营养不良、疲劳、贫血、糖尿病、慢性支气管炎等，很容易引发肺结核病。

1921 年，法国细菌学家卡尔美和介林发明了卡介苗，卡介苗能够产生对结核感染的免疫作用。当年进行人体试种，获得良好效果。为纪念卡尔美和介林这两位科学家的功绩，人们把他们制成的疫苗叫做"卡介苗"。世界上各国的卡介苗都是从法国巴斯德研究所引进的，有的直接引进，有的间接引进，但经各研究室传代保存后，疫苗会有变异，形成许多亚株。卡介苗是活菌苗，一定数量的苗液中必须要有相当数量的活菌数才有预防效果。中国制品为每毫克卡介苗含有活菌数 1 000 万以上，可以在冰箱里储存 42 天。温度过高，会使活菌数下降而影响效果。现在，大多采用将制成的菌苗加入保护剂后在零下 30 摄氏度下真空干燥，封口保存，还需避光，这样有效期可延长为一年。

卡介苗除了可预防结核病，降低结核病发病率以外，还可以用来治疗和预防其他疾病。卡介苗能够扩大细胞免疫与体液免疫能力，促进单核巨噬细胞增生,增强其吞噬和消化活力,激活 T 细胞释放各种淋巴因子,主治慢性支气管炎、哮喘、感冒等。

早在 1935 年,科学家已发现卡介苗可降低肿瘤发病率,其中包括白血病、淋巴及结缔组织瘤等。它之所以能预防肿瘤,是由于卡介苗可以作为一种免疫增强剂,非特异性地刺激细胞介导免疫,从而破坏了导致肿瘤发生的胚胎残基,对全身免疫系统具有长期稳定的激活作用。

卡介苗还有一个用处不是针对病人的,而是用来保护专门医治和护理结核病人的人,他们是医生、护士及病人家属。结核病是一种传染病,但卡介苗可以使他们免受感染。

结核病的克星

魔术师的表演与水元素的组成

许多年前年的一天下午,天气晴朗,阳光灿烂。英国的一家小剧场里,欢声笑语,热闹非凡,不时传来一阵阵雷鸣般的掌声。

原来,这里正在进行一场魔术表演。舞台上,留着长头发的魔术师,正在给大家表演一个名叫"铁盒淌汗"的魔术。只见他把氢气通入一个擦干的铁盒里,然后点燃,就看见铁盒里冒出一股股白烟来,接着是"啪"的一声巨响。这时,魔术师立即拿起铁盒对大家说:"大家看哪,铁盒出汗啦!"

刚才干燥的铁盒内出现了许许多多小水滴,观众们纷纷为他神奇的表演鼓掌。

正在下面观看节目的有著名的化学家卡文迪许。他出身于一个大官僚贵族家庭,但他毅然放弃了那种安逸富贵的生活,投身于艰辛的科学工作中。

这个精彩的表演,令他产生了浓厚的兴趣。魔术表演结束后,他回到实验室,立即做起了实验。把氢气和氧气混合在一起,然后点燃,结果发现,每次爆炸后,容器的内壁都出现了小水滴。

他非常纳闷:"这些水是从哪里来的呢?难道是容器没有擦干造成的?"

卡文迪许把容器一遍又一遍地擦干,结果仍然是这样。

他经过无数次的实验和研究,结果发现:小水滴是氢气和氧气在爆炸的瞬间化合而成的,是一种氢氧化合物,从而揭开了物质化合的许多秘密。

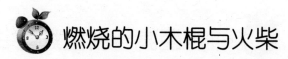

燃烧的小木棍与火柴

在遥远的古代,人们过的是茹毛饮血的原始生活,当发现自然的天火时,他们对火才有了认识。可是,怎样保留火种呢?这是他们难以解决的问题。

英国有位化学家叫约翰·沃尔克,他发明了世界上第一根火柴。

那一天,约翰·沃尔克为了试制一种猎枪上的发火药,他做了这样一个实验:把金属锑和钾混在一起,用一根小棍子进行搅拌。拌好后,他想把小棍子上的混合物弄干净,以后再用它来搅拌新的混合物。于是,他就把小棍子在地上不停地磨擦,磨着磨着,只听"啪"的一声,冒出了一股火苗,木棍也跟着燃烧起来了。

约翰·沃尔克被这突如其来的现象吓呆了,他的头脑里立即闪出这样一个念头:"要是能用这种办法来制成火柴保存起来,需要时,拿出来轻轻一划,就有火了,那该多好啊!"

这次意外的实验,使约翰·沃尔克灵感大发。

他开始了认真的研究,后来,终于制造出了火柴——那种摩擦火柴,也是世界上第一根火柴。

火柴经过许多人的不断改进,现在是由几种化学药品混合制成的。它的主要原料是氯酸钾和二氧化锰,这两种物质是氧化剂,里面还有易燃的松香和硫磺。人们为了防止火柴燃烧得太快,还添加了能起缓和作用的一种玻璃粉,并且还加了一种牛皮胶,防止化学药品的脱落。

从约翰·沃尔克发明第一根火柴开始,经过逐步改进,火柴终于走进了千家万户。

燃烧的小木棍与火柴

一声巨响与新型炸药

舍恩贝恩是德国的一位化学教授，是一个事业心非常强的人，经常把在实验室未做完的实验带回家去做。

一个星期天的上午，对于舍恩贝恩来说，是个非常难忘的时刻。

这天早晨，他的夫人有事外出，他便趁这个大好机会，做起了在实验室里未做完的实验。

他想在夫人回来之前把实验做完，不然的话，搞得满屋乌烟瘴气的，怕引起夫人的不满。

舍恩贝恩把器具都搬到厨房里，因为那里有水管、台板等，做实验比较方便，他就抓紧时间作好准备工作。

谁知，忙乱中，一不小心，他将浓硫酸和浓硝酸的瓶子打碎了，液体淌了满台子。他赶紧拿起一件挂在墙上的棉布围裙乱抹起来，当擦到离酒精灯不远的地方时，只听"啪"的一声巨响，围裙发出一道闪光，不翼而飞了。

这种现象使舍恩贝恩感到非常震惊。他想：围裙为什么会发生爆炸呢？于是，他又重复做了几次实验，终于发现，围裙中的天然纤维素可以和硝酸起化学反应，生成一种易燃易爆的化合物——硝酸纤维素。这是一种叫硝化棉的爆炸物，也就是后来的炸药。

谁都知道，炸药是中国古代四大发明之一，是中国最早发明的，后来才传到欧洲。瑞典的炸药大王诺贝尔发明的是一种烈性炸药，而舍恩贝恩制造的这种炸药，是既能爆炸又能燃烧的新型炸药。

第三章
从飞上蓝天到飞向太空

在月球上留下人类的足迹

人类对神秘的太空充满着好奇与幻想，总想着在某一天能进入太空，到星星、月亮上看个究竟。这个延续了数千年的人类的梦想，终于在 1969 年 7 月 20 日，借助美国"阿波罗"号登月飞船得以实现。

登上月球需要两种工具，一种是提供动力的火箭，另一种是供宇航员乘坐的飞船。飞船在火箭的不断推动下才能飞向太空。

将"阿波罗–11"号飞船送上月球的火箭取名为"土星"，它可是个庞然大物，高 110.6 米，重 2 930 吨。登月的过程惊天动地，扣人心弦。

1969 年 7 月 16 日，"土星"火箭点火后，吐着火舌，直冲长空。发射后 9 分 11 秒，第二级火箭脱离，第三级火箭第一次点火。发射后 4 小时 10 分钟，第三级火箭与飞船彻底分离，飞船高速飞向月球。

7 月 20 日，飞船载着三名宇航员到达月球，环绕月球飞行。飞船的登月舱与指令舱分离，指令舱在迈克尔·柯林斯的驾驶下，继续绕月球飞行。登月舱降落在月球上。宇航员阿姆斯特朗打开登月舱门，带着摄像机慢慢走下梯子，踏上了原先只有神话传说中才能到达的月球。紧接着，宇航员巴兹·奥尔德林也走下了梯子，开始在月球上行走。

由于月球的引力比地球引力要小得多，他们在月球上行走时可以轻飘飘地跳跃。阿姆斯特朗对地球上的电视观众说："对于我来说这只是迈出了一小步，但对人类科学技术来说却是迈出了一大步。"地球上的观众通过电视屏幕盯着这具有划时代意义的一幕，激动的心情难以用言语表达。

阿姆斯特朗和奥尔德林在月球上停留了 20 个多个小时，留下了一块特制的纪念碑，上面写着："从地球来的人类于公元 1969 年 7 月首次登上月球。我们为全人类的和平来到这里。"随后，登月舱升空，与指令舱对接，三位宇航员开始返航。几天后，"阿波罗–11"号飞船安全返回，美国总统尼克松亲自主持

在月球上留下人类的足迹

欢迎"阿波罗 –11"号飞船三位宇航员的返航仪式。随后,登月之日被定为美国的法定假日。

在此后的三年中,美国人五次登上月球。站在月球上,除了缺氧和举手投足比在地球上更加轻松之外,其他与在地球上没有什么两样,摔倒了一样会沾上灰尘,用手拍一拍,也照样能去掉灰尘。月球在被人们认识真面目之后,它的神秘感逐渐减弱。

牛顿的万有引力定律

在一些地区,那里的海水一昼夜间两次涌上岸边,淹没了海滨浴场、沿海的低地,漫过沿岸岩石的尖顶;又两次退离岸边,露出岩石和海滨浴场,有些地方海水竟退到岸外 10～20 千米处。大海似乎在进行着深呼吸,并且每次深深地"吸气"之后,紧接着便是大口地"呼气"。这种现象被称做退潮和涨潮,这一神秘的现象早就引起了科学家们的注意。

早在两千年前,人们便知道这种现象与月球有关,但对此无法作出解释。1687 年,牛顿的万有引力定律问世了。万有引力定律对此作出了回答:一切物体都是相互吸引的。物体间引力的大小与它们的质量成正比,而与物体间的距离的平方成反比。

太阳的质量比月球大千万倍,但太阳距地球比月球距地球远 390 倍。这就是在地球上感受到月球的引力比太阳的引力大的原因。

在望月期间,太阳、月球和地球处在一条线上,潮水量最大。当连接这些天体的线呈直角时,正是月球绕地球运行周期的四分之一,这时的潮水量最小。因此,每隔两个星期,就有一次最大潮和一次最小潮。在间隔期间,潮水量或者逐渐减少,或者逐渐增多。

月球的引力使水位升高,升高的水形成波浪,随着月球的运行在地球的表面滚动。在开阔的洋面上,由月球吸引力而生成的最大潮汐,平均高度近 108 厘米;而由太阳引起的潮汐则小多了,平均只有 50 厘米。在地球上某些沿海地区,潮汐高达 10～18 米,非常壮观。加拿大、阿根廷、澳大利亚沿岸和爱尔兰海域就有这样的大潮汐。在俄罗斯境内,最大的潮汐发生在鄂霍次克海及巴伦支海沿岸。而在黑海等内海,潮汐则要小得多。

这种由于月球引力引起的潮汐,一旦涌入宽阔的江河,遇河床或海湾急骤缩狭,掀起的潮汐巨浪称为怒潮,怒潮迫使河水倒流。紧接着,海浪占据了河

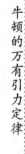

床。由于河床狭窄,因此浪峰增大,翻江倒海,其威力令人毛骨悚然。流入加拿大芬迪湾的佩蒂加科河中的怒潮,在大潮期浪高达 3 米,在河水中,潮涌速度每小时达 11 ~ 12 千米。中国钱塘江的怒潮举世闻名,浪可高达 3 米,一条长 2 千米的水墙以每小时 15 千米的速度向前推进,场面极其壮观。

牛顿的万有引力定律使得潮汐不再神秘,也使得宇宙中星球的运动规律不再那么难以捉摸。牛顿的出色工作使人们树立了信心:人类有能力揭开天地间各种事物的奥秘。

德国物理学家伦琴发现 X 射线

几乎每个人都做过 X 光检查，但是 X 光是谁发现的呢？这一点，并不是每个人都知道的。

关于 X 射线的发现，这里有一个有趣的故事。1895 年，德国物理学家伦琴正在他的实验室里研究阴极射线所引起的荧光现象。他端坐在实验室里观察高真空放电管时，意外地发现，放在距离放电管两米远处的涂有铂氰化钡的屏上发出了荧光，而当放电管停止放电时，荧光也随之消失了。

这一现象引起了伦琴的极大兴趣：屏上的荧光分明是由放电管引起的，但是，阴极射线只能穿透几厘米的空气。因此，他断定引起屏上出现荧光的肯定不是阴极射线。那么，它是什么物质呢？伦琴不放弃这个偶然的发现，继续做他的实验。他把屏移到更加远离放电管的地方，或用黑纸把放电管包起来，但是屏上依然有荧光发生。伦琴给这种神秘之光起了个"X 射线"的名字。

接着，伦琴又做了许多实验，用以证实这种特殊的射线具有不同于阴极射线的性质。如 X 射线不能被磁场所偏转，它可以使密封的底片感光，还可以穿过薄金属片，甚至在照片上能显示出衣服内的钱币或手掌骨骼。

伦琴发现了 X 射线后，他的夫人既好奇又不太相信。伦琴为了说服她，跟她开了一个小小的玩笑：让她把手放在射线前拍了一张照片。然后，伦琴把冲出来的底片给她看。毫无心理准备的伦琴夫人，猛然看清丈夫手里的底片，吓得哇哇直叫，连连倒退。看着妻子受惊的样子，伦琴忍不住哈哈大笑起来。

伦琴夫人手的 X 光照片，在全世界引起了轰动。科学家的震惊引起了新一轮研究 X 射线的热潮。那时候，X 光成为许多显贵绅士的娱乐工具，许多人拿它炫耀自己的权贵，人人争看用 X 光拍摄的自己的骨骼和内脏器官。后来，当人们知道这种 X 光对人体的细胞有杀伤危害时，那些显贵绅士才罢休。

X 光的这种特殊性质，使人们认识到可以把它用在医疗诊断和检测物体的内部结构上。去医院看病,可以看到每个医院都设有放射科,许多疾病可以用 X 射线诊断出来,而此前,仅仅是凭医生的推测发现疾病。因此,可以毫不夸张地说,在医学诊断上,X 射线的受益者不计其数。在墙面、地基及物体探测上,X 射线的作用也是显而易见的。

X 射线的发现对人类的贡献是巨大的。伦琴因为发现了 X 射线而揭开了 20 世纪物理学革命的序幕,成为 20 世纪最伟大的物理学家之一。

四万次失败与一种新电池诞生

19世纪末期,电灯、电话、电报、电唱机等电器相继走进了人们的日常生活,给人类带来许多方便和乐趣。可是,电器多了,电能不足的问题就日益显现出来。怎样解决用电危机成为发明家的新课题,就连大发明家爱迪生对此也一筹莫展。

电的来源只有两种途径,一是发电机发电,一是蓄电池蓄电。蓄电池携带起来很方便,可是供电时间太短,因为蓄电池是靠硫酸和铅发生化学反应产生电的,但是铅不耐用,时间不长,铅就用完了。

爱迪生决定研制一种新的蓄电池。

有一天,爱迪生在家里吃饭,突然举着刀叉不动了,表情呆滞地沉思起来,夫人见了,知道他又在想蓄电池的事,便笑着说:"关键是要找到蓄电池短命的原因在哪里。"

"对,没错,毛病出在内脏,要治好它的病根,就得给它开个刀,换器官。"爱迪生幽默地说。

想到这儿,新的想法在爱迪生心里产生了:先找到一种新物质代替硫酸,再用另一种物质换掉铅。

经过一次又一次的试验、比较、分析,爱迪生决定选一种碱性溶液来代替硫酸,再找一种金属来代替铅。可是,世界上有各种各样的碱性溶液,用哪一种呢?金属也是许许多多,到底用哪一种更合适呢?爱迪生和他的助手们反反复复地试验,一天又一天,一年又一年,三年过去了,试用了几千种材料,做了四万多次实验,还是一无所获,始终没有找到适合的溶液和金属。

这时候,社会上传来了各种各样的冷嘲热讽,有一次,一个不怀好意的记者竟然在大庭广众之下发问起来:

"尊敬的发明家,听说您花费了三年时间,做了四万多次实验,有什么收获

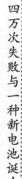

吗?"

"收获嘛,比较大,我们已经知道有好几千种材料不能用来做蓄电池。"

爱迪生的回答博得了在场人士的热烈掌声,那个想看笑话的记者羞红了脸。

爱迪生凭着顽强的意志继续探寻,终于在 1904 年找到了用氢氧化钠 (烧碱)来代替硫酸,用镍、铁来代替铅,从而制成了世界上第一块镍铁碱电池。与原来的电池相比,这种电池的使用寿命已经相当长了,可以称得上是"老寿星"了!

可是,爱迪生并没有立即向世人宣布这一发现,而是不断地改进,不断地试验。直到 1909 年,他研制出性能更加良好的镍铁碱电池,才对外公布了自己的研究成果。

电子计算机与汉字激光照排机

　　印刷术是我国古代的四大发明之一，可是进入20世纪30年代，西方国家的印刷术飞速发展，不断吸收电子、光学等领域的新成果，把中国的印刷术远远地抛在了后边……

　　然而，80年代初，我国成功地研制出了汉字激光照排机，使中国人再次在计算机时代感受到"辉煌"。它的发明者就是王选。

　　王选出生在一个知识分子家庭，17岁那年以优异的成绩考入了北京大学。他虽然学的是数学，可是对电子计算机特别感兴趣，毕业后又留校当了一名无线电老师。从此，他与电子计算机结下了不解之缘。在教学实践和科研中，他发现一般人要想快速使用电子计算机，就必须先解决汉字输入这一关。

　　于是，他对汉字输入技术开始了精心的研究。他除了完成教学任务以外，几乎所有的时间都趴在桌子旁研究汉字，从每一个字的偏旁入手，分析出它的字根特点，然后画图、统计，希望能用几十个键，把成千上万的汉字输入到电子计算机中。

　　"王选呀，把汉字输入到计算机中，不是那么容易的。想想看，英语只有26个字母，而汉字有6万多，就是常用的也有3 000多个，这样大的规模能存进小小的计算机吗?"一位关心他的朋友笑着说，"别自讨苦吃啦。"

　　"要是没有人解决这个难题，我们的汉字就永远与计算机无缘了。"王选忧郁地说。

　　"唉，你真是杞人忧天，玩计算机的人学英语不就得了。"朋友继续劝着。

　　"那……那不会英语的中国人就不会计算机，不会计算机的中国人就跟不上这个电子时代啊!"王选说不下去了。

　　他想，越是这样，我越要研究。这时候，国家关于汉字照排系统的"748工程"吸引了他，一旦这种照排机研制成功，我国将迅速进入信息时代。可是，国

外的照排机已经到了第四代，参与研究的人多数主张用第二代，王选却说："要研究就研究国外正在开发的第四代照排机。"也就是说，一步要跨越外国人走了三十年的路。

领导和大部分专家都摇头了。

"他们不相信，我就自己干。"王选自言自语，并埋头继续研究。一段时间后，他相继攻下了汉字的信息压缩技术、高速还原技术和文字变倍技术，离成功只有一步之遥了。这时候，传来了英国的蒙纳公司要占领中国的汉字激光照排系统市场的消息。

"天哪，我们中国人要用外国人的汉字照排机?"王选不敢相信这是真的——不能这样愧对祖先啊!王选加快了研制步伐，通宵达旦地向一个个堡垒发起了进攻。1979 年 7 月 27 日，第一台用电子计算机"指挥"的汉字激光照排机问世。英国公司知道这个消息后，惊讶得目瞪口呆!

电子计算机控制的汉字激光照排机，使中华文明从此告别了"铅与火"的时代，进入了"光与电"的时代。

磨眼镜与显微镜

　　发明显微镜的人是荷兰青年列文虎克。他很小的时候父亲就去世了，养成了他非常内向的性格，看上去有点儿木讷，缺少灵气。他也不是一个读书的料，只好退学在家。

　　后来，列文虎克经人介绍，来到一家眼镜店当学徒，替老板磨眼镜。想不到的是，这种单调的生活让列文虎克觉得很有意思，他时常想："要是我能磨成一副别人看不到我却能看到的眼镜该多好呀！"

　　带着这种想法，列文虎克磨起眼镜来更有劲了，并更努力地钻研磨眼镜的工艺，希望有一天自己也能磨出与众不同的眼镜。可是，老板可不是这样想的，认为他干粗活太少了，做一个粗活的差役不合格，便辞退了他。这位老板没有想到，如果让列文虎克做位技术人员也许对他的眼镜店更有帮助，那样，给他带来的财富会更大。

　　回家不久，列文虎克又到市政府当了一个看门人。这时，他对研制特殊的眼镜的欲望更加强烈了，尤其当他听说阿姆斯特丹的眼镜店磨制出了放大镜的消息，它能看到肉眼看不到的物体时，心中更加不平静了……于是，他从亲友那儿借了一点儿钱，来到了阿姆斯特丹，终于看到了放大镜，但它并不像人们说得那样神乎其神，还存在着很多不足。这一次，列文虎克更加坚定了创造一种新的"眼镜"的决心。

　　他利用所有的业余时间磨制镜片，磨呀磨，直到 1665 年，列文虎克磨出一块直径只有三毫米的小凸透镜，并在铁匠师傅的帮助下，做了一副金属支架，使其使用更方便。

　　不久，一位眼镜制造商告诉列文虎克，要是把两个镜片叠在一起，看东西会更加清楚。列文虎克听后激动不已，又在原来的凸透镜上加上一个透镜，中间用一个旋钮来调节两个镜片的距离。同时，在透镜上加了一个铜板，很好地解决了光线问题。这样，新型显微镜诞生了。

　　列文虎克的显微镜能把物体放大 300 倍，这在当时是一个了不起的创举。

 # 搭错了导线与无线电天线

19世纪80年代,俄国有个名叫波波夫的人,他是个"电"迷,立志要推广电灯,希望电灯能够照亮整个俄国。可是,1887年,赫兹发现电磁波的消息传遍了全世界,这使他改变了自己的志向。

"假如我用毕生的心血去安装电灯,对于广阔的俄国来说,只不过是照亮了很小的一角,要是我能控制电磁波,那就能飞越全世界啦!"波波夫在给朋友的信中,充满豪情地抒发了自己的宏伟理想。

此后,这位并不年轻的俄国人,开始专心致志地向自己定下的目标迈进。

1894年,波波夫在吸取法国的布兰利、美国的李奇等同行的经验的基础上,研究制造出了一台无线电接收机,当然,这台接收机的灵敏度和接收效果比李奇等人设计的接收机要好得多。

这天,波波夫在调试接收机,用电铃检测电波的距离时,他发现电波信号比往常增强了许多。

"咦,这是怎么回事?"波波夫一边在心里嘀咕,一边认真地检查起来。

一会儿,波波夫就找到了原因:原来是一根导线搭错了地方,搭在了金属检波器上。他立即走过去,把那根导线拿开,可是,意外的事发生了,正在叮叮作响的电铃不响了。咦,这又是怎么一回事呢?波波夫感到非常纳闷:莫非这根导线还能发挥什么特殊作用?

当他把导线重新接在金属检波器上时,电铃又响了起来。"没错,这电铃一定与导线有关。"波波夫喜出望外,连忙把导线接到金属检波器上。经过反复试验,把导线接到金属检波器上的时候,电磁波的信号更强,传得更远。这样,波波夫就把这根导线安在了他的这台接收机上。

从此,世界上有了第一根无线电天线。

不久,波波夫用电报机代替电铃作为接收的终端。由此,世界上第一台无线电发报机诞生了。当然,无线电天线在接收信号过程中发挥了不可低估的作用。

　　随后,意大利科学家马可尼进行了新的无线电通信实验,对无线电天线进行了一系列改进:最初,他在发报和接收两地之间竖起了一根很高的杆子,上面架设了用金属圆筒制成的天线;后来,又用双面覆盖着锡箔的风筝代替天线;直到 1901 年 12 月 12 日,马可尼用大风筝把天线架到了 121 米的高空,使横跨海洋的收发报距离成功地达到了 3 000 多公里,终于把人类的通信事业推向了一个新的高峰。

搭错了导线与无线电天线

称王冠与浮力定律

阿基米得是古希腊最伟大的科学家,在力学、几何学、天文学、机械工程技术等方面都取得了辉煌成就。他死后约两千年,英国的牛津出版社出版了《阿基米得遗著全集》,可见他在科学史上的地位。

据说,他发现浮力定律与一个生动有趣的故事有关。

他出生在公元前 287 年, 家乡是地中海西西里岛上的一个繁华城市——叙拉古。有一年,叙拉古国王叫工匠为他做一顶纯金的王冠。等到王冠做好以后,国王把王冠称了称,正好与自己给工匠的金子一样重:"天下能有这样的巧事吗?刁钻的工匠会不会在王冠里掺假呢?"

国王命令阿基米得研究这个问题, 一定要查清楚工匠是否在王冠中掺进去银子或者其他金属,并算出重量,而且对王冠还不能有一丝一毫的损坏。

这下,阿基米得可犯难了,他做了一辈子学问也没遇到这样的事呀。日子一天天过去了,王冠的事还没有一点头绪,可国王又来了命令,要他到王宫里去汇报研究情况。阿基米得一边思索着,一边走向了浴室,想先到澡盆里洗个澡,轻松轻松——为了研究王冠问题,已经好长时间没有洗澡了。当他进到澡盆里时,澡盆里的水开始往外溢,直到他在澡盆里坐定水才停止往外溢;当走出澡盆时,他发现水又低于盆口;于是,他再次进入澡盆,盆里的水又慢慢升起来,变得满满的……就这样,阿基米得从澡盆里出来,又进去,进去又出来,终于想出了解决王冠问题的办法。

阿基米得激动地穿上衣服,来到了王宫:"国王,只要各拿一块与王冠等重的金子、银子,我就能知道王冠中是否掺假。"

国王立即吩咐手下的人取来与王冠一样重的金子和银子。阿基米得把金块、银块和王冠分别放到水里,笑着说:"瞧,金块排出的水量在银块和王冠排出的水量之间。显然,这王冠中掺假了。否则,王冠排出的水应该与金块排出的水一样多。"接着,他又用数学方法求得了掺入王冠中的银子的重量。

国王听了佩服得五体投地,下令找来了那位工匠。在事实面前,工匠只好承认在王冠中掺进了银子,换下了一些金子。

原来,阿基米得从洗澡中发现,把物体浸入任何液体中,液体所排出的体积都等于所浸入物体的体积;物体所受到的浮力,等于所排出的液体重力。这就是著名的浮力定律。

称王冠与浮力定律

妻子写字的侧影与打字机

一百多年前,美国有个青年人名叫 G.L.肖尔斯,他在一家机械厂工作。有一天晚上,肖尔斯由于工作太累,早早就睡觉了。他一觉醒来的时候发现妻子还在灯光下伏案工作,他非常心疼,便坐了起来,就在他抬头的一刹那,看到墙上映着妻子弯着背写字的侧影,一下子激起他心中智慧的火花:灯光下妻子那美丽的影子,不就是他苦思冥想的打字机的原型吗?如果把妻子的头当做写字键,弯曲的背当做字臂,这种结构岂不是最理想的设计吗?

肖尔斯想着想着,竟然从床上跳了起来,嘴里还不停地喊着。这突如其来的喊叫声,把正在聚精会神工作的妻子吓得不知所措,她睁着一双惊恐的大眼睛,久久地望着她心爱的丈夫,心想:他是不是走火入魔了?

看着被吓得目瞪口呆的妻子,肖尔斯镇静下来,随后抱住心爱的妻子,充满歉意地说:"亲爱的,有了打字机,你就再也不用这么辛苦了,真是谢天谢地,是你给了我灵感。"

半天才反应过来的妻子,情不自禁地流下了幸福的泪水。

是啊,肖尔斯看着妻子不分白天黑夜地工作,他便想着怎样才能让妻子轻松地工作,想着能不能发明一种写字的机器从而不让妻子那么辛苦。肖尔斯经过四年的艰苦努力,反复地试验,终于在 1867 年发明了世界上第一台打字机。

一盏吊灯与"摆的等时性"

1582 年秋季的一天早晨,秋高气爽,阳光灿烂,意大利著名的物理学家、天文学家伽利略,和往常一样,早早就来到了比萨大教堂做礼拜。

高大宽敞的教堂里,一盏悬挂在教堂中央上空的铜吊灯,映入了他的眼帘。只见铜吊灯被门外刮来的一阵阵秋风吹得左右摇摆,这个现象引起了他的注意。他看了很久,突然感觉到:吊灯摇动的幅度虽然不同,可是它所需要的时间好像是差不多的。

他在静静地观察着……

门外又吹来一阵风,吊灯便大幅度地摇摆起来。

伽利略连忙按住自己的脉搏,心中默默地数着:一、二、三……一共是 20 下。吊灯摆动的幅度越来越小了,他再次按住自己的脉搏检查时,发现每次摆动的时间仍然是脉搏跳动 20 下所需要的时间。他经过多次验证:吊灯左右摇摆一次所需要的时间是相等的。

伽利略回到家里,躺在床上辗转反侧,那左右摇摆的吊灯仍在他的脑海里不停地摆动着。于是,他起身下床,找来一根绳子,吊上一个重物让它摆动。经边多次实验,他发现:摆动一次所需要的时间,与所吊的物体重量无关,而与绳子的长度有关。

后来,伽利略把这种摇摆特性称为"摆的等时性"。

其实,这盏铜吊灯在教堂里不知挂了多长时间,而且看见铜吊灯的人也不计其数,可是谁也没有发现什么秘密。然而,伽利略却因此启发思路,而且还利用他发现的定律,发明了测量脉搏的"脉搏器",后来又制造了钟表,发明了天文钟。数十年后,1656 年,荷兰科学家海更斯根据这一定律,发明了各种走时准确的机械摆钟。

一盏吊灯与「摆的等时性」

 # 两脚捣水与轮船

富尔敦是美国著名的工程师,他小时候非常淘气,因玩心太重,功课不是很好,常常受到老师的批评。可是,他聪明,爱动脑筋,因此,也深受老师的喜爱。

他兴趣十分广泛,并且特别喜欢画画。

夏天的一个中午,富尔敦瞒着大人,去河边钓鱼。他看见河边有一条小船,就解下缆绳,登上小船,划着桨去河中心玩。这时,忽然刮起了大风,富尔敦拼命地划动木桨,可无论如何也不能使船前进,他急得满头大汗,只好跳下水,游泳上岸。

他坐在岸边,望着河中央被风刮得飘来荡去的小船,脑海里泛起了层层涟漪:

"顶风的船为什么就划不动? 能不能想出一个办法来, 使船能自动前进呢?"

一连串的问号在富尔敦的头脑中翻腾起来……

晚上,富尔敦躺在床上翻来覆去睡不着。

第二天, 富尔敦又来到了小河边, 静静的河面上有几只野鸭在欢快地嬉戏。

他又跳上那只小船,心里还在想着昨天的问题,完全忘记了划桨,只是两只脚垂在河里,不停地捣动、晃荡,拍打着水面,不知不觉中,小船到了河中央……

"两只脚不停地晃动,就能使船前进,能不能用机器来代替两只脚呢?"一个奇妙的想法在富尔敦的脑海中闪现。

回家后,他立即把自己的想法画在纸上,画着画着,他竟高兴地跳了起来:

"就是这样,就是这样!"

在船上装一个轮子,轮上布满风车似的桨叶,轮子不断地转动,带动桨叶拍击河水,这不是跟用脚捣水一样,可以使船前进吗?

他很快把船、桨叶、轮子画好了。

可是,怎样才能使画上的景象变成现实呢?后来,富尔敦收集了大量有关资料,深入地钻研有关造船的专门知识。

1807 年,他制造出了世界上第一艘用机器推动的船——轮船。

两脚捣水与轮船

电磁线圈与磁电感应

1833 年,迈克尔·法拉第在英国皇家学院获得教授的头衔。从一个没有受过正规教育的书铺学徒,到堂堂学府的教授,法拉第的成功成为科学史上的一段佳话。

法拉第出生在一个铁匠家庭,13 岁那年,父亲把他送到一个书铺里当学徒。从此,他风里来雨里去,穿街走巷,用自己辛苦的劳动换取微薄的收入。但是,他从书铺中也找到了真正的快乐,因为书铺里有读不完的书。

“一根玻璃棒,在一块毛皮上摩擦几下就能产生静电?就能吸起一片纸屑?真是太奇妙了。”有一次,法拉第从《大英百科全书》里看到了玛西特夫人讲述的实验,感到非常奇特,便照着书中讲的那样做起实验来。

他跑到药房里去找一些被扔掉的小瓶子,买一点便宜的药品,躲在自己的小阁楼里精心地搞着自己的研究,而且如痴如醉……

后来,一个偶然的机会,法拉第认识了化学家戴维。这个发现了多种新元素的伟大化学家十分爱惜人才,尤其是对出身寒门的人才格外爱惜。他把法拉第招到了皇家学院,做自己的实验助手。到了皇家学院的实验室,法拉第专心致志地开始了自己的研究工作。

当时,科学家已经证明电可以转变成磁,可是,磁能不能转化成电呢?还没有科学家能够用实验来证明这一点。法拉第决心把这个问题弄个明白。

在这之前,法拉第已经完成了电磁学上的一个重要实验。他在一个玻璃缸中央立上一根磁棒,倒上水银以后,让磁极的一端露出来,再用铜丝捆住一块放到水银缸里的软木,将导线一端接在磁棒上,另一端通过铜丝与磁棒的另一极连起来。这样,电源接通后,导线马上开始移动了……这个实验在电磁学上是一个很大的突破。

为了彻底弄清磁是否能转变成电这个问题,法拉第几乎整天都想着这件事,他的口袋里总是放着一个电磁线圈的模型,一有空就把这个模型拿出来比画比画,认真地思索着,有时还自言自语,或者一头扎进实验室……1831年10月17日,法拉第的把磁转变成电的实验终于成功了。他把这种磁棒在线圈中运动感应所产生出来的电流,叫做"磁电"。这种感应叫"电磁感应"。

发现"电磁感应"后,法拉第加快了他的研究步伐,利用这一原理制造出了世界上第一台发电机。有了发电机和变压器,就能大量地产生电了。从此,电从科学家的实验室走向了千家万户,成为人们改造世界、创造财富的巨大能源之一。

电磁线圈与磁电感应

激发孩子想象力的发明创造故事

 # 看电影与立体眼镜

曲本刚是我国天津四十一中的学生，有一次他和同学到电影院里看电影《魔术师的奇遇》，那逼真的立体效果立即引起了他极大的兴趣，令他激动不已：真想不到世界上还有这样神奇的电影！

回家以后，曲本刚把看到立体电影的事向妈妈绘声绘色地讲述了一遍："妈妈，那立体电影看了真过瘾，要是天天都有这样的电影看就好了。可是，我想不通，同样都在电影院，为什么有的是立体电影，有的又不是立体电影呢？"

"孩子，立体电影与一般电影不同，它在放映时有特殊的大银幕，还要戴上一副特殊的眼镜。这样，才有立体电影的效果，懂吗？"

"噢，原来如此。"曲本刚想了想说，"要是有一种眼镜，在看普通画面时也能让我们看到立体效果，那该多好！"

"世界上还没有这样的眼镜，等你去发明呢。"妈妈开起了玩笑。

可是，自尊心极强的曲本刚并不认为这是玩笑："妈妈，说不定我真能发明出来呢！"

"好儿子，那你就试试看吧。"妈妈欣慰地说。

曲本刚真的开始立体眼镜的研制了。从此，他一次次到电影院观看立体电影，把那副特殊的眼镜摘下来，戴上去，反反复复地试来试去，希望能在眼镜上找出点窍门来。可是，一连数月，毫无收获……

有一天，曲本刚在一个旧书摊上发现了一本叫《眼屈光异常与配镜原理》的书，如获至宝，高兴得连连自语："真是'踏破铁鞋无觅处，得来全不费工夫'，有了这位不说话的老师，我还愁不会制造眼镜吗？"回家以后，他认真地钻研起来，对书中介绍的配镜原理进行了刻苦的学习，知道用小孔的镜片观察物体，会产生不同的色彩和层次，容易形成立体的感觉。

"小孔镜片能有立体感，可是，要用多小的小孔呢？唉，书中没有讲，生活中也没有人请教。"曲本刚在心里思索着,"既然这样,我能不能在镜片上先钻几个小孔试试看呢?"

曲本刚把自己的想法告诉了妈妈。

"孩子,想好了你就大胆地干吧。"妈妈充满希望地说,"不干什么也不知道。"

于是,曲本刚找来了一副眼镜,把一根钢锥烧红,在眼镜片上扎了起来。他扎出几个小孔后,拿起来往眼睛前一放,嘿,还真有些立体感觉呢。

"我再多扎些小孔,再多扎些。"曲本刚万分激动地在心里说,"我的立体眼镜马上就要制成啦!"

曲本刚一口气在 150 毫米长的眼镜片上扎出了 350 个小孔,制成了与普通眼镜一样的立体眼镜,并让妈妈和爸爸用它来看电视,果然,电视屏幕上的形象成了立体的了,而且效果很好。

立体眼镜的研制成功,填补了眼镜制造业上的一个空白。

看电影与立体眼镜

一片银色的月光与无线电通信

"即使远在天涯海角，不用电线也照样能互通信息，这个愿望一定能成为现实。"这是意大利发明家古列尔莫·马可尼从小就立下的远大理想，他一直在为实现这个目标而不停地努力。

一个夏天的午夜，马可尼躺在床上，两眼望着天花板，翻来覆去睡不着。白天做过的实验，不时在脑海里闪现……

他在花园的两个墙角各竖起一根天线，天线是用一根吊着的金属板做成的。其中一根还连着一个感应线圈作为发报机，这个简单的装置，能接收到百米以外的无线电信号。

"为什么不能收到更远的地方传来的信号呢？"他索性爬了起来，从窗户向外看去，只见一片银色的月光透过槐树，投下一片斑驳的影子。

"电波和月光同样是波，为什么月光能从高高的天空中洒射下来，难道电波信号就不能传得更远一些吗？"

"将天线弄得再高一些，也许就能增加电波的传播距离。"他忽然心中一亮。

于是，他便动手做了起来。随着天线的升高，通信距离也很快增加了。马可尼激动得热泪盈眶。

是啊，为了做实验，他不知熬过了多少个夜晚。为了进一步加大电磁波的发射能力，他写信给邮电部部长，请求给予支持。但结果令马可尼大失所望，对方竟然说他是个大骗子。

马可尼只好离开意大利，带着无线电发报机来到了对科学技术极为重视的英国。英国政府批准了他的发明专利，并为他提供了良好的实验条件。

不久，马可尼又架设了一根50米高的天线，使无线电波成功地跨越了宽达450公里的英吉利海峡。马可尼的成功受到许多人的赞赏，但是，他对此并不满足。

　　"把信号送过大西洋,是我唯一的希望!"马可尼的想法,一时间成了一些人茶余饭后的笑料。人们说他异想天开,是神经病。这些流言飞语,对于马可尼来说,就像耳边风一样,他依然我行我素。

　　1901年底,马可尼来到了大西洋彼岸的加拿大,同留在英国的助手做无线电波横跨大西洋的实验。准备工作做好后,英国助手发出了事先商定好的一组无线电信号,那信号终于越过大西洋。马可尼情不自禁地跳了起来,大声地向空中喊着:"我——成——功——啦!"

　　这一消息很快轰动了全球。1909年,35岁的马可尼获得了诺贝尔物理学奖,他的光辉业绩被载入了史册。

　　1912年,"泰坦尼克"号上发出的遇险信号,使用的就是马可尼的"无线电波"。

　　无线电波,使人类的通信事业发生了翻天覆地的变化。

一片银色的月光与无线电通信

爱迪生与电灯

爱迪生是一位伟大的发明家，一生有 1 300 多项发明专利，1877~1879 年发明留声机，实验并改进了白炽灯和电话，为造福人类立下了汗马功劳。

可是，他从小并不像人们想象得那么聪明可爱，简直有点儿"愚笨"，老是爱问"为什么"，这让老师很烦。有一次，老师讲到 2 加 2 等于 4，满脑子古怪想法的爱迪生竟然问："老师，2 加 2 为什么要等于 4？"

老师一气之下把爱迪生撵回了家："爱迪生学习一点也不用功，他还老问 2 加 2 为什么等于 4，实在太笨了，还是别上学了吧。"

爱迪生的妈妈只好把他领回了家，自己教他识字读书，讲些名人故事给他听，并不厌其烦地解答他那问不完的"为什么"。后来，爱迪生的妈妈买了一本《自然课本》给他。爱迪生如获至宝，被书中的小实验深深地吸引住了，他把家中的地下室整理出来，买来了瓶子、试管及其他实验用品，对照书中讲的做起了实验。至此，爱迪生踏上了科学实验与研究的道路。

尽管爱迪生在科学实验的道路上并不是一帆风顺的，可是，随着实验成果的不断涌现，他的手里也渐渐积攒了一些资金，他在离纽约 25 英里的曼罗园建起了自己的研究所。1878 年，在巴黎举办的世界博览会上，爱迪生展示了他发明的留声机，同时，俄国工程师雅布罗其科夫和拉德金发明的"电烛"也吸引了他的目光。爱迪生决定研制电灯，为人类造福。

于是，爱迪生仔细阅读了有关"电烛"的资料，并收集相关的材料进行了设计制造，为此，他吃在实验室，住在实验室，把实验室当做家。为了解决灯丝问题，他尝试着用木炭、硬炭、金属铂等做灯丝，结果都失败了……

"为什么油灯的灯芯那么亮，那么耐用呢？"有一次，爱迪生从油灯的灯芯想到了电灯的灯丝，便把棉线摆成各种弧形，烘烤，再取出一段完整的炭线作为灯丝，接通电源后，果然亮了。他惊喜地喊着："亮了！终于亮了！"遗憾的是，这根灯丝只亮了一会儿就被烧断了。

　　爱迪生没有退缩,继续寻找灯丝材料,虽然一次又一次地失败,但他还是一次一次地试验,直到1879年10月21日才制成一盏炭丝灯。那一夜,曼罗园里灯火通明,500盏电灯放出了耀眼的光芒,与天上的星光交相辉映……

　　从此,爱迪生的电灯照亮了人间。

爱迪生与电灯

 # 一场噩梦与激光应用

激光是高科技的产物,是 20 世纪最伟大的发明之一。获得激光应用专利的,是美国人高尔登·古德。

古德于 1920 年 7 月 17 日出生在纽约市,上大学读物理专业时,才开始对激光感兴趣。第二次世界大战爆发的时候,他参加了著名的"曼哈顿计划",即原子弹研究工程,对原子的能量有了新的认识,同时对原子弹爆炸产生的耀眼的光,一睹不忘。他希望有一天,人类也能够对这些光进行开发利用,不要让它白白浪费掉……

后来,战争结束,古德又投入了紧张的学习中,在哥伦比亚大学继续攻读博士学位,同时在纽约市政学院授课,并注意收集激光方面的知识,更加关注对激光的研究。

1957 年 11 月 9 日是个星期六,37 岁的古德由于看书太晚,直到深夜也没有入睡。后来,刚入睡又被一场噩梦惊醒。"啪",他拉亮了电灯,突然间,一个灵感在心里产生了:

电灯发出的光为什么会是白色的,要是换成别的颜色还会这样刺眼吗?按照这个思路,古德的心里对光产生了一连串的奇思妙想。这一夜,他彻夜未眠,对自己的灵感,对光的作用,一一勾画出了它的用途。

星期三的早晨,古德来到了住所附近的一家糖果店,找到了老板:

"老板,你给我当个公证人吧。"

"哈哈,大教授,你要我当什么公证人?又有什么要公证的?"糖果店的老板十分不解。

"你来看我的笔记本。"古德打开了写得密密麻麻的笔记本,认真地说,"我想,光能够集成一束束的,就会产生力量,产生一种神奇的力量。"古德有些激动了。

"慢点儿说,教授先生,到底能有什么力量?"糖果店的老板也被古德的描述打动了。

"把光变成光束,就可以用它来切割,用它来加热物质,测量距离……甚至还可以用它来当刀,一把肉眼看不见的锋利的刀,为病人做手术……"古德激动地说,"你就给我来证明,这些奇思妙想是我最先想出来的,是我的专利。"

糖果店的老板从头到尾仔细地看了一遍,高兴地点了点头,并在古德的笔记本上写下了自己的名字和日期。

就这样,激光应用专利诞生了。

可是,古德做梦也没有想到,他为了这个发明专利几乎耗费了半生的心血,整整 30 年。每一次向政府申请专利权,都因这不是一项实质性的发明而被拒绝。直到 1989 年,他的关于激光应用的"金点子"才获得了专利。世界上激光"产品"已经得到广泛运用,包括用激光焊接,杀死皮肤癌细胞,制导武器等。

 # 两个铁球与错误的结论

1590 年,对于意大利年轻的科学家伽利略来说,是最不寻常的一年。当时的科学界有许多谬论一直困扰着他,他陷入深深的思考之中。

比如,古希腊的亚里士多德认为:"物体降落的速度和物体的重量成正比。"一千八百年来,人们一直把这个违背自然规律的学说当做"颠扑不破"的真理。

年轻的伽利略大胆地对亚里士多德的学说表示否定。他的观点是:"如果两个不同重量的物体同时从空中落下,两者将会同时落地。"

这个观点却遭到那些权威人士的耻笑,他们说:"只有傻子才这么认为"。

还有人说:"千百年来,先贤们都没有否定的事,他要否定,莫非他比我们的先贤还要略胜一筹?真是太自不量力了。"

各种各样的冷嘲热讽一起向伽利略袭来。

有一天,伽利略来到城墙下散步,一抬头,只见两个大小不一的土疙瘩同时从城墙上坠落下来。这无意间的发现,使伽利略眼前一亮:

"对,要在比萨斜塔上做个实验,给那些不相信真理的人一个响亮的耳光。"

伽利略不禁为自己的想法暗暗地高兴起来。

在一个阳光明媚的早晨,那些权威人士和教授穿着紫色的长袍,排着整齐的队伍来到塔前,个个都摆出一副盛气凌人的架势。前来观看的人很多,大家议论纷纷。有不少人是来看伽利略的笑话的。

太阳渐渐地升高了,只见伽利略迎着朝阳,一步一步地登上了比萨斜塔。当他看见塔下熙熙攘攘的人群时,他大声喊道:"大家看清楚,铁球就要落下去了。"话音刚落,两个重量分别为一百磅和一磅的铁球从五十多米高的塔上坠落下来。

塔下有很多人为伽利略捏着一把汗，他们都目不转睛地注视着那两个铁球，只听"咚"的一声，两个球同时落地了。

这时，塔下的人群一阵骚动。那些权威人士和教授刚才的威风一扫而光，个个目瞪口呆。有些人则为伽利略感到高兴和自豪。

伽利略的实验揭开了自由落体运动的秘密，推翻了亚里士多德的学说。这个实验，在物理学的发展史上具有划时代的重要意义。

两个铁球与错误的结论

 # 奇怪的噪音与宇宙无线电波

1931 年的一天上午,美国贝尔电话实验室里,在无线电工程师卡尔·央斯基的接收机里,突然传出一种奇怪的"咝咝"声,这引起了他的注意。

这种噪音不同于一般噪音,显得很平稳,一直保持着那种"咝咝"的声音,而一般噪音的干扰是不稳定的。

"这里一定隐藏着什么。"他一边想着,一边在心里说。

其实,这微弱的声音并没有对无线电通信产生多大影响。一般人是很容易忽略的,但年轻的央斯基却紧抓不放。

这种信号每隔 23 小时 56 分 4 秒,就会出现一次最大值。

"这微弱的声音,难道与太阳有关?"他继续监听,"奇怪,这个来路不明的'客人',每次总是提前四分钟不请自来。看来,它不是来自太阳。那么,它又是从哪里来的呢?"

他绞尽脑汁,苦苦地思索着。

一天,他去一位朋友那里做客,当谈到他心中的难题时,这位研究天文学的朋友告诉他说:

"恒星时的周期比太阳时的周期每天要短四分钟。"

朋友的话就像闪电一样,使他的心猛然一亮。

他想:"这个奇怪的信号,一定和某颗恒星有关。这个无线电波一定是来自太阳系以外的一个地方。"

后来,他经过一年多的艰苦努力,终于搞清了"客人"的身份。这个微弱的无线电波来自遥远的太空,是人马座方向的一个射电源。

宇宙射电源的发现,标志着射电天文学的诞生,人类从此打开了一个探索宇宙奥秘的窗口。

于是,卡尔·央斯基成为世界上第一个捕捉宇宙无线电的人,他的名字也永载史册。

"神舟五号"载人飞船上天

自苏联的加加林首飞太空以来，人类已有数百名宇航员乘坐各种航天器遨游过太空。

2003年10月15日上午，在中国酒泉卫星发射中心，一身戎装的中国航天员杨利伟登上了"神舟五号"载人飞船。

"15分钟准备！"发射场上传来了指挥员的口令。杨利伟大声说："我在舱内感觉非常好，保证坚决完成任务！"

飞船发射进入最后10秒钟倒计时。飞船舱内的杨利伟突然抬起手，对着镜头敬了一个军礼！

"……5、4、3、2、1，点火！"9时整，火箭托举着"神舟五号"载人飞船腾空而起，直冲苍穹。中国航天员杨利伟开始了中华民族的飞天之旅。"神舟"太空一往返，五千年梦想成真！中华民族是最早产生飞天梦想的伟大民族。明代的万户，在人类历史上第一个用火箭进行升空飞行试验，为探索空间飞行献出了宝贵的生命。

"神舟五号"在离地球344千米高的轨道上飞行14圈后，准备返航。先是飞船在轨道上呈90度转弯，然后轨道舱与返回舱分离，轨道舱继续在轨道上进行对地探测，返回舱和推进舱再转90度，朝与原来的飞行方向相反的方向喷气，起到减速作用，并开始脱离原来的轨道，进行无动力飞行。飞船飞行至距地面100千米时，进入大气层。由于飞船与大气剧烈摩擦，在飞船四周产生了一个等离子壳，使飞船中断了与外界的一切联系。飞船到达距地面10千米时，开始打开降落伞盖，抛出两具引导伞和一具减速伞，24秒钟后，主降伞打开，使飞船的下降速度减到每秒10米左右。当飞船离地面1.2千米左右时，缓冲发动机开始向地面喷火，进一步减速，确保飞船安全返回地面。

随着宇航员杨利伟乘坐我国自行设计的载人飞船返回地面，中国成为继俄、美之后第三个将宇航员送上太空的航天大国。

中国宣布第一次载人飞船发射成功后，世界各国纷纷发表声明表示祝贺。美国许多专家认为："中国载人飞船升空的成功，将是中国航天长征路上一块十分重要的踏脚石。"

从飞上蓝天到飞向太空

人类发明了飞机和火箭，就有了飞向蓝天和太空的飞行器。但是，人们并不满足于此，希望拥有便捷地往返于太空和地面的，可重复使用的运载工具。人类的这个梦想，终于实现了。

1981年4月12日上午6时，美国佛罗里达州肯尼迪宇航中心的第39号发射台上，一个既像飞机又别具一格的庞然大物在晨曦中熠熠生辉。这就是世界上首创的耗资100亿美元，生产时间长达10年的"哥伦比亚"号航天飞机。

发射基地洋溢着紧张而热烈的气氛。100多万名观众，两天前就从各地赶来，聚集在发射基地附近，等候观看航天飞机升空时的壮观景象。4000多名记者从世界各地赶来，无数架电视摄像机和照相机，像无数双明亮的大眼，全神贯注地注视着发射台上的航天飞机。

机长约翰·杨和宇航员罗伯特·克里平，正在"哥伦比亚"号的驾驶舱里最后一次检查仪表。机舱外，几个工程师再一次对两个固体燃料火箭助推器和巨大的外贮箱系统进行严密的检查。

"一切正常！"工程师们庄严宣布！

进入倒计时，"……3、2、1，主发动机点火！"随着一声指令，"哥伦比亚"号三台主发动机按原定计划一起点火，液氢燃烧而生成的水蒸气如翻滚的蘑菇云从航天飞机的下部喷出。三秒钟后，三台主发动机的推力达到500吨，紧接着，两个火箭助推器也点火了，推力达到2000多吨。"哥伦比亚"号航天飞机从发射架上垂直升空，尾部喷吐着橘黄色的火焰和雪白的蒸汽长带，渐渐地消失在天宇中。

"再见吧，创造又一奇迹的'哥伦比亚'号，祝你一路顺风，平安归来！"挥舞着鲜花、彩旗，噙着激动泪水的人们默默地祈祷着。

航天飞机发射十多分钟后，两台分别具有三吨推力的轨道机动发动机点

从飞上蓝天到飞向太空

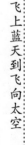

火,使航天飞机进入距地球 270 千米高的圆形轨道上。当航天飞机绕地球飞行两圈之后,宇航员对航天飞机进行了各种检查。经过两天的飞行,当地时间 4 月 14 日 13 点 21 分,"哥伦比亚"号成功地返回了爱德华兹空军基地。

　　航天飞机集火箭、卫星、飞机的技术特点于一身,能像火箭那样垂直发射进入空间轨道,又能像卫星那样在太空轨道飞行,还能像飞机那样进入大气层滑翔着陆,是航天技术发展史上的又一座里程碑。

闸门与防触电插座

在全国第二届青少年科学发明创造比赛上，上海市和田路小学的学生徐琛发明的"四用防触电插座"获得了一等奖，消息传来，全校振奋，都为她取得的成绩感到光荣和骄傲。

这项发明的最初动机不是别的，而是她的弟弟曾有过难忘的触电遭遇。

那是一个星期天下午，徐琛正在做作业，忽然听到弟弟惊叫一声，随即摔倒在地。徐琛跑过去一看，一根长铁丝还"站"在插座上。原来，弟弟觉得插座上那两个小孔挺神秘的，就用一根细铁丝去戳，霎时，一股强大的电流把弟弟击倒了……虽然弟弟脱离了危险，可是那惊险的一幕让徐琛刻骨铭心，"电老虎"真是太可怕了，能不能发明一种防触电的插座呢?这样就能造福千家万户了。

于是，徐琛一边在学校读书，一边查阅课外资料，并画出一张张的草图。最后，她做出了一个防触电插座模型，得意地跑到学校给"星期日创造发明俱乐部"的老师和同学看。

有的说:"这个插座外表很好看，可是不实用。"

有的说:"这种插座在使用中会受到许多限制。"

大家议论纷纷，说出了徐琛发明的不足。她听了，虽然心里感到有些难受，但是，更激发了改进这种插座的积极性。

有一天，徐琛陪奶奶上百货商店买东西。当她推开一道门时，她发现里面还有一道门，就在她关上第一道门，推开第二道门的刹那间，一个念头突然在她的脑海里闪现:上自然常识课时，老师不是讲过闸门原理吗?对，就是甲门关上，乙门打开;乙门关上，甲门打开……要是把这"闸门"用在防触电插座上，一定很管用。

"哦，我有办法了，有办法了!"徐琛一路跑着回到了家，立即动手做起来。她根据闸门原理，在插座里安装了两道活的闸门。

"瞧，这插座里有两道闸门，打开一个闸门，电是进不去的。"一个星期以后，徐琛终于把新插座做好了，高兴地向同学们介绍说，"只有两个活闸门同时打开，电流才能通过。"

"这……这与防触电有什么关系?"一位同学一时还没有醒悟过来。

"是这样的。"徐琛慢慢地说，"不懂事的小孩子在看到插座感到好奇时，一般总是用一件铁器或一根手指伸进插座孔里，这样只能打开一道活闸门，就不会有触电的危险。想想看，是不是这样?"

围观的同学和老师恍然大悟。后来，老师和同学们又对徐琛的插座稍作改进，"四用防触电插座"终于大功告成。

1985 年 3 月 26 日，在日本举行的第三届世界青少年发明创造展览会上，徐琛的"四用防触电插座"荣获展览会最佳作品奖，这是建国以来我国青少年第一次在国际上获得创造发明奖。

张衡与地动仪

张衡是我国汉代著名的天文学家,出生于公元 78 年,家乡是现在的河南省南阳县石桥镇。青年时代,张衡就表现出杰出的天资,23 岁的张衡写出了轰动一时的《二京赋》,公元 114 年,他从文学创作改从事天文学的研究。

经过长期观察,张衡肯定了地球是圆的说法,提出了宇宙无限的观点,并写了《灵宪》一书,解释了月相变化、月食发生等自然现象。在这本书中,他指出中原地区能看到大约 2 500 颗星星,这与近代天文学观测的结果非常接近。要知道,那时是汉代,而且没有现代化的观测设备呀!

张衡研究地震也绝不是偶然的事。

从公元 96 年到公元 125 年间,我国境内共发生了 23 次地震。每当他看到地震造成的家破人亡的惨景,特别是人们在地震之后祈求神灵饶恕时,他心中就无比难过、无比悲哀:难道真有神灵?难道就没有办法能够预测地震,减少人们的损失吗?张衡想到这儿,常常夜不能寐,发誓要研究出一种能预测地震的设备,让人们从迷信的云雾中走出来,让人们能够知道地震发生的方向,以便及时救灾。

几年以后,张衡发明了地动仪。这个仪器是用青铜铸成的,外形像个酒樽,在酒樽的腰部分别镶着八条龙,代表着东、西、南、北、东北、东南、西南、西北这八个方向。每条龙的嘴里各含着一颗铜球,对着正面的八个蛤蟆。要是有地震发生,地动仪的机关就会震动,龙嘴里的铜球就会"当"的一声落下来,掉进下面的蛤蟆的嘴里。整个地动仪设置得非常精巧,铸工非常精细,像一件玲珑可爱的工艺品。

地动仪研制成功以后,人们并不相信这玩意儿能有这么大能耐。六年后,即公元 138 年,在离洛阳千里之外的陇西地区发生了地震,地动仪上那条头朝西面的龙嘴里"吐"出了铜球,在洛阳京城的达官显贵一点儿也不相信会有地

震发生,反而议论纷纷:

"瞪大眼睛看看,龙嘴里的铜球虽然掉出来了,落在了蛤蟆的嘴里,可是我们至今还没有听到一点儿关于地震的消息呀!"

"天下哪有这么灵验的事?地震是老天爷显灵来惩罚我们的,怎么会让凡人知道?"

面对闲言碎语,张衡什么话也没有说。几天以后,陇西地区的信使骑着马来到京城报告:"陇西发生了大地震。"这时候,地动仪预测的准确性才得到大家的一致认可。

张衡的地动仪是世界上第一台预测地震的仪器,比欧洲制造出来的同类仪器早1 700多年。因此,张衡被公认为全世界地震学界的"鼻祖"。

张衡的地动仪充分显示了我国古代劳动人民的智慧。

爱因斯坦与相对论

提到重大的发明发现或者说，提到伟大的科学家，人们不能不说爱因斯坦，也不能不说他的相对论。

爱因斯坦于 1879 年 3 月 14 日出生在德国的一个犹太人家庭，智力发育较晚，直到三岁的时候还不会说话。上学时也经常因不能及时回答出老师的提问而被同学笑话，或者被老师惩罚。

他的语言反应迟钝，比起同龄的孩子有很大的差距，连邻居都耻笑他。爱因斯坦的妈妈却说："他总是在思考，等着吧，总有一天，他会成为教授的。"人们都觉得这话非常可笑，只有极少数人能够体会作为母亲的那种"望子成龙"的心情。

爱因斯坦五岁时，父亲买了一个指南针送给他作为玩具。他见了爱不释手，把小小的指南针在手里转来转去，嘴里还不停地问："爸爸，这小针为什么总是要指向一个固定的方向呢？"

"孩子，那是磁力在起作用。"爸爸耐心地说。

"什么是磁力呀？"爱因斯坦又没完没了地追问起来。他总觉得这小小的指针里面，一定藏着什么神秘的东西。

进入中学以后，爱因斯坦在学习上也没有表现出什么过人的地方，除了数学、物理这两门功课以外，其他的学科成绩可以说是一塌糊涂。但是，这时，爱因斯坦的个性也渐渐养成，不喜欢的课干脆不去听，他对物理实验特别感兴趣，就一头钻进去。

大学毕业以后，爱因斯坦在瑞士联邦专利局找了份工作。他在这家专利局专门负责审核申请专利的各种技术发明。这个工作使爱因斯坦有机会接触许多新的科学知识和新的发明创造，他深深地感受到，世界上有那么多奥秘需要去研究，去探索，去发明，去创造……从此，爱因斯坦开始认真、系统地钻研物

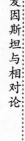

理学知识,同时,也阅读了大量哲学书籍。他眼界大开,思想认识也有了一个质的飞跃。

1905 年,爱因斯坦发表了《关于光的产生和转化的一个启发性观点》的论文,有理有据地论证了光的量子性质,得出了光电效应的基本定律,并因此获得了 1921 年的诺贝尔物理学奖。同样在 1905 年,爱因斯坦完成了《论运动物体的电动力学》,创立了狭义相对论。

后来,爱因斯坦又创立了广义相对论,这标志着物理学研究有了一个重大突破,开创了物理学研究的新领域。

镜子的反光与"万有引力常数"

18世纪的一天,研究引力的英国科学家卡文迪许来到了剑桥大学,去拜访那里正在研究磁力的科学家约翰·米歇尔。当看见米歇尔用石英丝发生扭动来测定磁引力的大小时,他深受启发。

回家后,他立即做起了实验,找来一根细长的杆子,并在杆子的两端各安上一个小铅球,很像一个哑铃。然后用石英丝吊起两个哑铃,再用两个大小不一样的铅球分别去接近小铅球,通过观察石英丝的扭动来测出它们之间的引力。

可是,由于球与球之间的引力太弱,石英丝扭动的变化,肉眼是无法看出来的。他感到失望、沮丧。

第二天,他去街上散步,当他来到街心花园时,孩子们的游戏深深地吸引了他。孩子们每人手里拿着一面小镜子,对着太阳光,把光线反射到对方的脸上,照花了眼的孩子就一边跑一边笑,你追我赶。站在一旁的卡文迪许看得津津有味,看着看着,突然大叫一声:"太好了!"掉头就跑。

原来,小镜子只要稍稍转动一个小小的角度,远处的光点就可以移动很大的距离。他一口气跑到实验室,投入到紧张的实验中。他在石英丝上固定一面小镜子,然后用一束光线去照射它,被小镜子反射回来的光线,照在一根刻度尺上。这样,即使石英丝发生微小的变化,刻度尺上也能明显地显示出来。人们把这种方法称为"扭秤"实验法。

1798年,卡文迪许在这个基础上,完成了伟大的科学家牛顿没能完成的事业——"万有引力常数"数值的测定,并且计算出了地球的质量。

美国太空探测器成功撞击彗星

在美国宇航局的航天探测计划中，有一项"深度撞击"计划，即太空探测器撞击彗星计划。

科学家选中的被撞击的彗星是"坦普尔"1号。这颗彗星在火星和木星之间，在围绕太阳的椭圆形轨道上运行，距地球约1.34亿千米。

北京时间2005年7月3日14时07分，"深度撞击"探测器在经过漫长的飞行后，释放出撞击器。撞击器重约113千克，大小如家用电冰箱，是一块铜合金锥体。显然，这是一种特殊的合金材料。用铜与其他材料制成合金，不会被高速撞击时产生的高温所熔化。

"深度撞击"探测器在太空中"亲吻"彗星，其精度不亚于用子弹去打击另一颗飞行的子弹。因为"坦普尔"1号彗星以每秒30千米的速度高速运动着，而在它轨道前方的"深度撞击"探测器的飞行速度约为每秒20千米。

北京时间2005年7月4日12时20分，撞击器进行了第一次发动机点火调整，调整时间持续了约20秒，目的是为了更准确地"瞄准彗星"。此时，撞击器运转正常，自动导航系统不断修正自己的飞行轨道，以确保能准确地撞击到彗核上。

北京时间13时39分，撞击器最后一次调整飞行轨道。撞击器上的摄像机还向地面控制中心发回了高清晰度的照片。照片上显示，神秘的彗星上呈冰川地貌。

北京时间13时52分，撞击器与"坦普尔"1号发生猛烈撞击。彗星的下部出现了一个亮点，就像夜空中绽放的烟花般光芒四射。科学家测算，这次撞击相当于4.5吨TNT烈性炸药爆炸的威力，在彗核表面撞出一个数十米深、足球场那么大的环形坑。

与此同时，有1万多人簇拥在美国夏威夷闻名遐迩的瓦胡岛海滩上，通过一面巨大的电影屏幕观看这场发生在距地球 1.3 亿千米外的惊天一幕。许多人啧啧称奇。连呼："太神奇了!它比我最喜欢的科幻大片还要精彩!"

美国宇航局主持这次撞击的目的有两个:一是希望通过撞击,能解答有关太阳系起源的一些基本问题,因为彗星是太阳系中最古老的原始天体之一,它在太阳和其他行星形成之初便存在于太阳系中;二是如果有一天,天外小行星或彗星撞向地球,人们就可以从地球上发射带有足够能量的撞击器前往撞击,将它击碎,或改变其运行轨道。随着"深度撞击"探测器成功击中目标,这一切已成为可能。

美国太空探测器成功撞击彗星

实现太空飞行之梦

1961 年 4 月 12 日，世界航天史上一件令人震惊的事发生了，那就是苏联宇航员加加林乘坐"东方 –1"号宇宙飞船作为人类第一位进入太空的使者。世界因此轰动了，人类太空飞行的历史从此开始了新纪元。

载人飞船是一种航天器，能够把宇航员送上太空并安全着陆，是人类最早实现太空飞行梦想的运输工具。除"东方 –1"号飞船外，苏联后来又研制了"上升"号和"联盟"号飞船。美国人获悉苏联人上了太空后，急起直追，此后研制成功"水星"号、"双子星座"号、"阿波罗"号等载人飞船。载人飞船的功绩是有目共睹的，它使人类登上月球成为可能。

如今，人类已研制了多种载人飞船。按照乘坐人员来分，有单人式和多人式，加加林乘坐的"东方 –1"号属于单人式飞船，而美国研制的首次登月使用的"阿波罗 –11"号则可载三名乘员，属于多人式飞船。按照运行的范围来分，有卫星式载人飞船和登月载人飞船。

载人飞船由乘员返回座舱、轨道舱、服务舱、对接舱和应急救生装置等组成，登月飞船还有登月舱。返回座舱是飞船最重要的组成部分，相当于飞机的驾驶舱，整个飞船的起飞、上升、进入轨道飞行和返回地面的过程都由宇航员在这里操纵；而轨道舱要在飞船进入轨道后才发挥作用；服务舱的作用是对飞船进行服务保障，里面安装着推进系统、电源和气源等；对接舱是用来与空间站其他航天器进行对接的舱座。

俄罗斯为修复"和平"号空间站的故障和接回在空间站上工作半年之久的宇航员，发射了"联盟 TM–26"进入太空，通过对接舱与"和平"号空间站对接，把宇航员接回，并再送两名宇航员进入空间站，接替前任宇航员的工作。对接舱装有气闸舱，打开闸门，宇航员可以由此走出空间站，在太空行走。苏联宇航员列昂诺夫是世界上太空行走的第一人。

1965 年 3 月 18 日,列昂诺夫乘"上升"2 号飞船进入空间轨道,其间他离开飞船 5 米远,停留 20 分钟左右,还进行了舱外摄影。有人问他在太空行走时有什么感觉,他回答说:"好像在群星之间游泳。"这种充满诗意的旅行该是多么令人羡慕啊!

不过,在太空稍不留神就会出事故。这时,没有人会来救护你,全靠自己救自己。于是,科学家又发明了应急救生装备,在遇到紧急情况时,应急救生装备可以让宇航员返回地面或是转移到其他航天器上去。1983 年 9 月 28 日,苏联发射"联盟"T10 号载人飞船,发动机在点火时,突然出现异常。幸亏应急救生装备开始工作,将载人飞船拉离火箭。火箭爆炸了,飞船安全降落在 4 千米之外的地方,两名宇航员得以生还。

实现太空飞行之梦

红外线的发现

1800 年的一天早晨，年过花甲的英国天文学家赫歇尔通过桌上的一面三棱镜，正在欣赏太阳光透过它形成的七色彩带。

忽然，他想："阳光带有热量，可是组成太阳光的七种单色光中，哪一种携带的热最多呢?"他灵机一动："如果测得了每种光的温度，不就知道了吗?"

赫歇尔在实验室墙上贴上一张白纸，并让七色光带照在纸屏上。在光带红、橙、黄、绿、蓝、靛、紫以及红光区外和紫光区外的位置上各挂一支温度计。他发现，绿光区的温度上升了 3℃，紫光区的温度上升了 2℃，紫光区外的温度计的读数几乎没有变化……然而令他吃惊的是，红光区外的温度计的读数竟上升了 7℃。

赫歇尔分析后认为，在红光区外一定还有某种人眼看不见的光线，而且这种光线携带的热量最多。

后来，科学界把这种看不见的光线命名为红外线，而赫歇尔也因此在科学史册上留名。

井下通风与空调机

1881 年 7 月的一天,美国总统加菲尔德突然在华盛顿遇刺,生命垂危,立即住进了一家医院急救。可是,这一年,华盛顿出现了历史上罕见的高温天气,炽热难耐。为了挽救总统的生命,矿山技术人员多西奉命设法降低病房里的气温。

多西深深知道这个命令意味着什么。

这与一般的发明创造还有区别,没有时间让你耐心研究,也没有理由让你"尝试"——只能成功不能失败。多西是一位非常敬业的优秀工程技术员,在矿山的开发建设上有许多建树。当他接过"降温"这一命令的时候,他首先想到了干冰,这种物质如果放在病房里,可以立即降温。

"多西呀,用干冰降温,我们医生也知道,可是用这种方法降温无法控制温度,而且干冰的数量一旦不足,温度就会立即回升。"一位医生提醒他。

"嗯,没错。不过,你们先用这种方法,或者在室内放些冷水,这样也能把病房里的温度暂时先降下来,为挽救总统多创造一些好的条件和环境。"多西接着说,"我再想想办法。"

多西说完,一头扎进了他的实验室。

研究矿井多年的他,再次想到了矿井的事:每当给矿井通风的时候,空气受到压缩,就会放出大量的热量,这样,周围的环境就"变暖";每当压缩空气还原的时候,又会吸收大量的热量,周围的环境就会"变冷"。能不能通过压缩空气的办法来控制周围的温度呢?就是说,要设计出一种机器能压缩空气和释放空气,从而达到控制温度的目的。多西为自己的设想兴奋不已,决定按照这一思路进行设计制造。

有了思路就有了出路。多西立即着手画机器的设计图,并让助手购进了相关的材料,再按图实施起来。经过试验,这种机器的降温作用很明显,可是也有许多不足。

"机器太庞大，在病房里占了相当一部分空间，会影响摆放别的医疗器具，而且噪音也太大，对总统的休息非常不利。"医生向多西诚恳地提出了建议。

"说得对，说得对。"多西虚心地接受了这一建议，决定再次对机器进行改进。

经过一番努力，多西把原来的发动机在动力不减的情况下相对改小，又增加了一些吸收噪音的装置。这样，他成功地将病房里的温度从30℃以上降到了比较适宜人生活的25℃左右。世界上第一台自动空调机就这样诞生了。

进入20世纪50年代以后，小型空调机才开始走进千家万户，为人类营造了温馨舒适的"小天地"，成为家居的新"宠物"。

李四光与地质力学

20世纪40年代，我国地质学家李四光创立了一门崭新的学科——地质力学。李四光指出："在我国新华夏系的沉降带中，埋藏着丰富的石油和天然气。"

李四光是这样分析的：在我国东部和南部，直到东亚濒临太平洋地区，有两个不同方向排列的规模巨大的构造带：一个走向北东，一个走向北略偏东；一个较老，一个较新。由于我国古称"华夏"，所以李四光把年代较老，走向北东的构造带称为新华夏系。

他分析发现，油田的形成必须具备两个条件：一是生油条件，这是物质条件；二是储油条件。而具备这两个条件的地质构造必然是盆地。新华夏构造体系是以一个相对隆起、一个相对沉降的形式出现的成对共生物的构造，有利于形成良好的成油环境；再加上我国有许多东西方向构造系的干扰和加叠隔开的盆地，所有这些就构成了理想的储油盆地。

1954年以后，我国先后在松辽平原、华北平原、江汉平原、四川盆地、渤海、南海等地发现了石油。

 # 电子工业从此进入脱胎换骨的时代

2000 年 10 月 10 日,瑞典首都斯德哥尔摩,历来被认为是全球最高科学奖的诺贝尔物理学奖在这里举行颁奖仪式。获奖者之一杰克·基尔比是个具有传奇色彩的人物。这个美国人从未接受过正规的物理学教育,更不是物理学家。1941 年夏天,他登上火车前往马萨诸塞州,去参加麻省理工学院的入学考试,数学的及格分是 500 分,他考了 497 分,因此落第。但他却因发明了半个世纪以来对科学技术产生重大影响的产品——微芯片 (集成电路),开创了信息时代,而获得诺贝尔物理学奖。

杰克·基尔比出生在美国堪萨斯州,父亲经营一家公司。他中学时代的理想是当一名电气工程师。第二次世界大战爆发后,基尔比从军,接受战火的洗礼。战争结束后,他进入伊利诺伊大学就读,毕业后找工作经常碰壁,只有一家生产电子零件的小公司愿意录用他。小公司毕竟难以大展身手。34 岁那年,他萌发了跳槽的念头,向得克萨斯仪器公司发出求职信,并被那家公司录用了。得克萨斯仪器公司是一家规模较大,在行业中占有一定地位的公司,公司让基尔比研究解决电子工业最重要的问题:元件的内部连接问题。

当时,晶体管已在电子工业中得到应用,许多工程师正忙着为制造一种高速电脑设计电路。一台电脑配有成千上万个晶体管、电容器、电阻等,要把这些电子小元件按电路图一个个焊接起来,配线和焊接接头实在是太多了。如一只现在已经很普通的电子手表,其中就大约有 3 000 个晶体管,若用晶体管和其他分立元件来组成这个电路,将会有近万个焊接头,那样的话,一只手表比一台电视机的体积还要大。为此,全世界的工程师都在寻找解决问题的办法。

基尔比的设想大胆而新奇:取消所有配线!这是电子线路史上前所未有的做法。基尔比在实验室里的记事本上写下了令他日后获得诺贝尔奖的一句话:"以下所有线路元件都可以印刻在同一块硅片上:电阻器、电容器、配电器、晶体管。"他事后说："在电子学领域我是新手，别人认为不可能的事，我一无所知，因此从不排除任何可能性。"

开始，基尔比也很担心，所有的基本元件用同一种材料制造，所有的元件都刻在同一块硅片上，所有的连接线也印刻在小小的硅片上，整台电脑的线路可以印在一块婴儿指甲大小的硅晶片上，这一切能行得通吗？

基尔比说："科学家的目标是理论，工程师的目标是实际成果。"基尔比请求上司允许他制作一个"集成电路"样品，上司同意了，但要求他不要花费太大的成本。

1958 年 9 月 12 日，是基尔比集成电路实验成功的日子。这一天，公司的一批高级职员来到实验室，想看看基尔比发明的集成电路是否真的那么奇妙。基尔比将各种配线连接起来，深吸了一口气，以缓解一下紧张的心情，然后接通了电源。霎时间，屏幕上出现了一条明亮的绿色蛇行光线。

基尔比成功了！集成电路时代开始了！

电子工业从此进入脱胎换骨的时代

到太空中去观察宇宙

1990 年 4 月 25 日，天刚刚露出鱼肚白，美国佛罗里达州卡纳维拉尔角的肯尼迪航天中心聚集着数百名天文学家和技术专家。他们已忙了整整一个通宵，此刻却毫无倦意，正密切关注着远处高大的发射平台。在那里，"发现"号航天飞机倚靠在发射塔边，准备再次升空。它本次升空的使命，是将耗资 15 亿美元建造的，备受世人瞩目的哈勃太空望远镜送入太空。

美国东部时间上午 8 点 34 分，航天飞机的尾部喷吐着烈焰，在众人的注目礼中直冲霄汉。

美国天文学家哈勃在 20 世纪 20 年代就已证明了在宇宙的银河系之外还有银河系。哈勃晚年使用当时最大的直径达 5 米的反射望远镜，想探测深不可测的宇宙边际的奥秘。但是，架在地面的望远镜，由于隔着地球厚厚的大气层，看到的东西非常有限。如果能跳出大气层，到太空中观察宇宙，观察效果将提高 10 倍，这相当于能分辨出 10 千米以外的一枚 5 分硬币。这对于想解决天文学上许多悬而未决的"宇宙之谜"的天文学家来说，具有多么大的诱惑力啊！现在人们看到的这架太空望远镜，就是以美国天文学家哈勃的名字命名的，具体设计和建造完成于 20 世纪 70 年代至 80 年代。

哈勃望远镜由"发现"号航天飞机发射升空后，在离地面 250 千米至 300 千米的太空环绕地球飞行。经过最初几周的紧张测试与调整，人们发现哈勃望远镜的成像质量与预期效果存在很大差距。按照设计方案，哈勃望远镜上共有 50 多种元件可在太空中更换。于是，美国宇航局在 1993 年 12 月对其做了为期 12 天的太空维修，七名维修人员带着七吨重的各种器材，于 12 月 2 日搭乘"奋进"号航天飞机驶入太空。这次维修行动最终获得圆满成功。12 月 28 日，哈勃望远镜维修后拍摄的第一张照片传回地面，图像清晰得令人惊喜不已。

哈勃望远镜拍摄了大量的星球照片，显示了各类天体的多样性和复杂性还有遥远星系的形态,特别是哈勃望远镜帮助测定了宇宙的年龄,证实了星系中央存在黑洞,拍下了彗星撞击木星的照片,帮助确认了宇宙中存在暗能量。

　　哈勃望远镜已完成历史使命,而人类探测太空之谜的航程才刚刚起步。当人们建立空间站,漫游银河系时,会意识到,是哈勃望远镜将人们探索宇宙的目光引向银河系的更深更远之处!

到太空中去观察宇宙

 # "为马减轻负担"与发动机

当轮船在大海上航行,列车在铁轨上奔驰时,我们的城乡大道上,还是一匹匹马拉着沉重的车子,喘着粗气,艰难地奔波……

"能不能设计制造出一种发动机,把它装在马车上,为我们可怜的马儿减轻负担呢?"有一天,20岁的德国人奥托,看到默默无语的马拉着重货在道路上缓缓而过的时候,心中突发奇想。

而当法国的工程师鲁诺瓦设计的两冲程内燃机装在马车上,在巴黎的街头当众展出的时候,奥托对这种发明的欲望更加强烈了,也更加执著了。与别人不同的是,奥托观看鲁诺瓦的机器马车时非常认真,并找出了它不能成为实用品只能是展品的原因:气体燃料发动机的热效率太低,消耗的燃料比蒸汽机大得多!

从这一天起,奥托就暗暗下定决心要设计制造出一种新型的、高效的,能在道路上奔驰的机器马车,为千万匹马真正减轻负担!

奥托虽然是一名优秀的学生,可是由于父亲的早逝,16岁时便离开了学校。到一个小镇的杂货铺当起了学徒,他根本就没有进过大学的门槛,要制造出一种新型的机器马车谈何容易!但是,奥托没有被困难吓倒,他一方面认真地自修文化知识,一方面反复地进行设计与实验,终于发现解决问题的关键有两个:一个是采用怎样的燃气,燃气与空气要达到什么样的比例才能最好地发挥效能;二是活塞的运动方式,怎样使进气、压缩、点火、排气这四个过程一气呵成,不浪费燃料。经过多次尝试,他设计了一种四个汽缸联合运动的四冲程方式发动机。

可是,普鲁士专利局说他的发动机不可靠,不能申请专利。奥托无法申请专利,就意味着他的发明不能变成产品,就不会有制造商与他合作生产自己的内燃发动机,也不会有继续研制的资金了。

天无绝人之路,在奥托山穷水尽,用完家中最后积蓄的时候,朋友朗根资助了他。为了"回敬"专利局的那些官僚,奥托下决心要把自己的内燃发动机制造好。他对设计方案再次进行了改进和修正,加长了进气道,改造了汽缸盖,使他的内燃机更加完善,生产出的第一号机每分钟可转 100 转,燃料节省了三分之二。奥托成功了!虽然他的产品没有专利号,可是他制造的内燃机成了人们的抢手货!于是,古老的马车渐渐从人们的视线里消失了,两个轮子的摩托车、三个轮子甚至四个轮子的汽车在交通运输战线上唱起了"主角"。人类忠实的朋友——马,终于卸下了重负……

"为马减轻负担"与发动机

谁证明了地球是圆的

坚信地圆说的哥伦布是意大利航海家。1492 年,哥伦布率水手百余人横渡大西洋抵达巴哈马群岛,第二年返回西班牙。发现了新大陆的哥伦布,并没有实现环球航行的梦想,也没有在他有生之年证实地球是圆形的说法。哥伦布去世后,不断有人寻找从美洲通向太平洋的水道,以便到达香料之国印度。麦哲伦就是那个时代的航海家,他被认为是第一个环球航行的人。

麦哲伦是葡萄牙人,出身于骑士家庭,从小就进王宫当了王后侍童。在宫内,他最喜欢听那些航海探险队在海上航行的故事,懂得了一些航海知识,也听到过一些探险队的报告,因此,对航海产生了兴趣。

1505 年,麦哲伦成了葡萄牙远征军的一名士兵,在海上和陆上战斗中骁勇无比,表现出骑士风范。因有不俗的表现,他很快被提升为船长。

1511 年,麦哲伦再次随军远征马六甲。这一次,远征军终于打败了阿拉伯人,控制了通向东方的咽喉通道。

1513 年,麦哲伦又参加了对摩洛哥的远征。他在战争中负了伤,成了跛子,不能在军队工作了,他离开了军营。经过一段时间的思考,他决定要实现哥伦布没有实现的理想——环球航行。

同一年,传来了巴尔波亚发现太平洋的消息,麦哲伦再也坐不住了。他想,只要找到大西洋通往太平洋的水道,就可以从西路到达香料之国。他相信海洋是连在一起的。

那时的麦哲伦已经 33 岁了。他当过水手、士兵、船长,参加过海战、陆战,曾多次航行至好望角,对地理知识、海洋知识十分熟悉。所有这些经历,为他创造个人伟业打下了基础。可是,麦哲伦没有钱,他找过国王,但国王不赞同他的想法。于是,他去了西班牙。西班牙国王答应了麦哲伦的条件,并授予他一定的特权,支持他从西路航行到马鲁古群岛去。

1519 年 9 月,麦哲伦船队由 5 艘船,270 名水手(来自 9 个国家)组成,从瓜达尔基维尔河的圣罗卡起航。麦哲伦的船队渡过大西洋,到巴西海岸,接着南下寻找通往太平洋的水道。1520 年 3 月底,他们到达南纬 49 度地区,找到一个平静的小海湾过冬。在这之前,麦哲伦平定了一起叛乱。1520 年 10 月,南半球的春天来了,他命令船队向南驶去。他们发现了一个海峡,越走越宽,里面的水流越来越急,水是咸的,有涨潮落潮的现象。11 月 28 日,麦哲伦的"维多利亚"号驶往西南方向的支流,驶出 550 千米,突现茫茫无边的太平洋。麦哲伦异常兴奋,他一条腿跪在甲板上,这位钢铁汉子竟流下了眼泪!后来,这个海峡被命名为麦哲伦海峡。

　　他们继续西行,1521 年至菲律宾。因干涉岛内争斗,麦哲伦为土著所杀。次年,船队中的"维多利亚"号终于回到西班牙,完成第一次环绕地球的航行,证实了地圆说。

谁证明了地球是圆的

居里夫人发现镭

人类发现了 X 射线之后，有科学家断定：在光的作用下，"荧光"体会放射与 X 射线相似的射线。物理学家贝库鲁从铀盐的研究中发现一种现象，无须光的作用，铀盐会自发地放射出几种新的射线。这种现象到后来由居里夫人命名为放射性。

贝库鲁的发现使得居里夫妇产生了好奇，铀化合物的放射能是从哪里来的呢？居里夫人想，除了铀以外，别的物质是不是也有这种放射性呢？于是，她放弃了对铀的研究，将所有可能研究的东西都拿来做实验，结果发现钍的化合物也有这个性质。既然这种现象非铀所独有，那需要给它一个专用名词，她把具有如铀和钍一类性质的元素命名为放射性元素。

居里夫人又从沥青矿物着手，研究放射性物质，结果表明，沥青矿物的放射性比以前研究的铀、钍之类的物质的放射性还要强。她开始怀疑自己的实验是否有错误。对新的现象产生怀疑是科学家应有的态度。她重复地做了多次同样的实验，均证明她以前做的实验并无错误。那么，这种较强的放射性是从哪里来的呢？唯一的解释是，这种矿物中含有比铀、钍的放射性更强的物质。她猜测，这种物质可能是一种新的元素。

居里先生暂停了他的结晶体研究工作，同居里夫人一起研究新的放射性元素。他们首先从沥青矿物中把一切已知的元素分离出来，然后再测量每种元素的放射性。经过几次淘汰，范围逐渐缩小。最后，他们竟意外地发现，沥青矿物中存在两种新元素。他们给这两种元素取名为钋和镭。

镭的发现，揭开了原子核物理学的第一页，居里夫人也因此于 1903 年获诺贝尔物理学奖，于 1911 年获诺贝尔化学奖，成为诺贝尔奖的颁奖史上唯一两次获奖的女性。

海洋深度的秘密

　　海洋的秘密早就引起了人们的注意。科学家们早就渴望探知海洋深处的情况，然而与探索宇宙的速度相比，海洋研究显得逊色得多。虽然对海洋研究的历史已经很久，海洋水下考察也装备了潜水器，但放置的深度仍未超过11千米，尽管这离海洋最深点只差几十米了，但要征服这段距离，比征服数千千米外的宇宙还要难。

　　自古以来，就有人用简便的方法测量大洋的深度，那就是用长绳系上重物置于海水中；后来制成了专门的绳索，即在长绳上每隔一英尺做上一个标记，在绳子的一端系上重物，重物的重量应抵得住逆流的冲击，以便保证绳索垂直下沉。这个简单的装置叫测深锤。

　　是谁最先测量大洋的深度的？这个问题已无法考证。看来，起初的多次尝试都未能成功。第一个环球航行的航海家麦哲伦说过，他在1520年曾尝试测量大洋的深度，从船上将一条800米长的绳索放入水中，但未能探到洋底。

　　测量大洋深度的工作很少有人进行，而要测量很深的洋底花费的时间，一次不会少于两个小时，我们对前人测量的结果和测量的日期了解得并不多。而且在深水域进行探测异常困难。在大洋的深水域的同一点进行几次重复的测量更加不易，既要测量水温，又要取水样和土样，还要捕捞生活在深水层和洋底部的生物。可以想象，在数千米深的深水域的洋面上抛锚是何等困难。为此，必须使用超强度的锥状钢缆，否则不仅不能使船固定，而且钢缆本身也会因经不住自身重量而断裂。为了节约作业时间，应使用重量约2吨的锚，在钢缆上的锚自由下沉时，下降速度每小时约为20千米，经过15分钟左右才能到达5千米的深处。

　　俄国航海家奥托·科采布完成了三次环球航行，并发现了399座岛屿。1817年，他确认他的船"留里克"号曾在水深1 829米的洋面上航行。后来，他与埃米尔·伦茨共同研究地球物理学，伦茨在电工物理学的培训班上正式向学生介绍说，他在大洋中发现了 1 972 米深的水域。

直到 1950 年，科学家才制成一种性能良好的仪器。这种仪器叫做回声探测仪，它可以利用声射线探明船体下方大洋的深度。其工作原理是：测定从辐射器发出的超声波到达大洋底部再反射到接收器的时间，通过这一时间数据，可计算出海洋的深度。1957 年，苏联的"维佳斯"(勇士)号借助回声探测仪，在马里亚纳海沟发现了深达 11 034 米的水域。现代的回声探测仪能随着船的航行连续绘出洋底的形状，并记录下其深度。

月球上唯一的交通工具

从 19 世纪末世界上第一辆四轮汽车问世开始，一百多年来，各式各样的机动车如雨后春笋般被开发出来。随着航天技术的发展，机动车终于有机会登上月球了。月球车在月球上大显神通，成为月球上唯一的交通工具。

1969 年 7 月 20 日，人类第一次登上月球。美国发射的"阿波罗 –11"号宇宙飞船，载着宇航员阿姆斯特朗和艾德林在月球上着陆了。首次登月没有带去月球上的交通工具，这可苦了两名宇航员。他俩徒步在月球上进行了一系列科学考察。因为穿着笨重的宇航服，携带必要的仪器，还要采集月球上的土壤标本，这大大消耗了他们的体力。1971 年，当宇航员乘"阿波罗 –14"号宇宙飞船登月时，他们带去了一辆手推车，这比第一次登月时条件改善了，但是还得用人力来推车。同年，美国在发射"阿波罗 –15"号飞船时，带去了"巡行者"1 号月球车，才算在月球上有了第一辆真正意义上的机动车。

不过，"巡行者"1 号与地面上奔驰的汽车不同，它是一种设计有专门用途的特殊机动车。这种车由蓄电池供给动力，每个轮子由一台电动机驱动。车轮轮胎是用特殊橡胶制作的，无论在高温还是低温下都有弹性。这样设计是因为月球的昼夜温差很大的缘故。月球上的温度白天高达 127℃，夜晚低至零下 183℃，地球上的汽车在月球上是根本无法行驶的。宇航员操纵手柄驾驶月球车，可以自如地前进、后退、转弯和爬坡。月球车上装有照相机、摄像机和一系列仪器设备，并可存放收集来的岩石和土壤标本。这一次，宇航员驾驶月球车行驶了 27.9 千米，收集了 77 千克岩石和土壤样本。

"巡行者"1 号月球车长约 3 米，宽 1.8 米，重 209 千克。它每小时可行驶 16 千米，最快时每小时可行驶 91.2 千米。

在随后的两次登月中，月球车都发挥了重要的作用。在"阿波罗 –15"号和"阿波罗 –16"号飞船登月时，月球车分别行驶了 27 千米和 35 千米。更重要的是,月球车竟成了电视转播台。利用月球车上的摄像机和电视传输设备,宇航员及时地向地球发回了登月实况。

除了"巡行者"1 号这种有人驾驶的月球车外,月球上还曾出现过无人驾驶的月球车,它是由苏联发明的。1970 年 11 月 17 日,苏联"月球"17 号探测器把世界上第一辆无人驾驶的"月球车"1 号送上了月球,并行驶了 10.5 千米,考察了月面的情况。后来的"月球车"2 号行驶了 37 千米,向地球发回了 88 张月面全景图。

自 1972 年 12 月"阿波罗 –17"号登月后,人类的登月活动暂时中止。人类会不会再登月球呢?回答当然是肯定的。说不定,那时的宇航员就是你。在 21 世纪,月球上必然还会有更先进、更新奇的月球车纵横驰骋。

第四章
一次游戏与圆顶建筑

世界上第一台电冰箱

三千年前,中国人已知道把冬天的冰块贮藏在地窖里,到夏天时使用,以消除夏日的酷暑。公元 8 世纪,巴格达王国的国王为了降温,在他的避暑山庄里堆满了从国外运来的白雪。

但是,这只是王公贵族的特殊享受。夏天,当热浪笼罩大地时,有时气温比人的体温还要高,人体的热量散不出去,人便要热得昏过去。很久以来,人们就在思索,日常生活环境里是否有些东西能一直保持着比周围更低的温度呢?有的,那就是洗脸盆里的水。当盆内的水和周围环境温度相等的时候,由于水不断蒸发而带走热,水的温度继续降低,直到周围空气内的水分对这种温度的水已经饱和了为止。因此,我们如果能够经常分泌汗水保持皮肤湿润,便能保持较低的体表温度。

当气温逐渐接近体表温度时,传导、对流和辐射的影响便逐渐减小,蒸发所占的比重加大。在炎热的天气里,蒸发是主要的散热方式,这便是"天愈热,汗愈多,不怕热,只怕闷"的根本原因。我们不要小看蒸发的作用,一杯水蒸发失去的热,如果积累起来,至少可以烧开九杯水。

当人们明白了这个道理时,实际上又是几百年过去了。直到 1834 年,发明家雅各布·珀金斯申请到了压缩机的发明专利后,人们才知道如何制作人造冰块。珀金斯的机器与今天我们使用的家用电冰箱原理是一样的:通过蒸发一种压缩的流体来达到制冷效果,接着再重新让它冷凝。只不过,当初珀金斯用的材料是乙醚,而我们今天用的是氨和氟利昂等。

最初的冰箱可不像现在这样气派,它只是一个简易的"冰盒",里面嵌上石板衬壁,用来隔热,但因为没有藏冰格,肉类等食物保存后容易变色。到 19 世纪末,一些具有商业用途的早期冰箱才开发出来,逐渐进入市场。商家用它装运牛排送到世界各地去,在巴黎的餐馆里还用它来制造冰葡萄酒。大约在第一

世界上第一台电冰箱

次世界大战期间，出现了一些体积更小的家用冰箱，但是这种冰箱噪音大，液体容易泄漏，只是在旧式"冰盒"壳内装上了电机和转动的皮带轮而已。

1923年，瑞典工程师浦拉腾和孟德斯制成了世界上第一台真正意义上的电冰箱，它使用电动机带动压缩机运转，里面的电动压缩机和食物箱是分开的。电冰箱内的冷冻剂是氨或硫酸，后来改成氟利昂。至此，家用冰箱开始风靡全球，走进了千家万户。

煮饭烧菜用微波

　　火的使用，是人类进步的一大标志。火，让人类结束了"茹毛饮血"的时代。据考证，大约 60 万年前，北京猿人学会了把食物"炮"生而熟，"燔"而食之。我们的祖先，把捕捉到的动物剥皮开膛后，或用泥巴裹着放在火上烧烤，或放在烧红的石板上烤炙，以这样的方法来去腥化臊，也使食物增添了美味。这便是烹饪的起源。

　　不管什么国家，不管什么人，虽然各自的饮食习惯不同，但毫无例外地都要使用炊具。传统的煮饭烧菜方式受到挑战，实质上也是炊具革命的结果。1946 年，美国人斯潘瑟在研究短波电磁能辐射的过程中，意外地发明了微波炉。1947 年，世界上第一台微波炉问世。微波炉的最大贡献，是把妇女们从厨房里解放了出来。

　　现在，微波炉已进入了寻常百姓家。用微波炉烧烤食物非常方便，只要打开炉门，把加水的生米或肉类装在容器中，放入炉内，然后关上炉门，接通电源，不需要几分钟，饭或肉就熟了。令人称奇的是，同米或肉一起放入炉内的塑料容器并不变形，也不会熔化，炉体本身也没有发热。这是为什么呢？

　　微波炉，听名字就知道这种炉子使用的能源是微波。微波是一种电磁波。这种电磁波的能量不仅比通常的无线电波大得多，而且还有一碰到金属就发生反射的特点，所以金属根本无法吸收或传导它；微波可以穿过玻璃、陶瓷、塑料等绝缘材料，但不会消耗能量；对含有水分的食物，微波不但不能透过，其能量反而会被吸收掉。

　　微波炉正是利用微波的这些特性制成的。微波炉的外壳用不锈钢等材料制成，可以阻挡微波从炉内逃出，以免损害人体健康。装食物的容器用绝缘材料制成，给微波烹好食物大开"绿灯"。微波炉的"心脏"是磁控管，这是一个微波发生器，用电子管制成，能产生每秒钟振动次数达 24.5 亿次的微波。这种肉

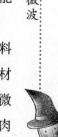

眼看不见的微波，能穿透食物 5 厘米深，并使食物中的水分子也随之每秒钟运动 24.5 亿次。这样剧烈的运动产生了大量的热能，自然把食物"煮"熟了。这就是微波炉加热的原理。采用普通炉灶煮食物时，热量是从食物外部逐渐进入食物内部的。而用微波炉烹饪食物，热量则是直接深入食物内部，因此烹饪速度比普通炉灶快 4～10 倍，热效率高达 80％以上，是其他炉灶无法比拟的。

中国长江三峡工程带活万里长江

也许你已经读过唐代大诗人李白的诗："朝辞白帝彩云间，千里江陵一日还。两岸猿声啼不住，轻舟已过万重山。"诗句描写的是乘轻舟如脱弦之箭飞越长江三峡时空灵飞动的感觉。三峡，是中国第一大河长江上最神奇、最壮观的一段峡谷，今天当你再去游览长江三峡时，长江三峡展示出来的是"高峡出平湖。神女应无恙，当惊世界殊"的奇异风姿，因为那儿兴建了世界上最大的水电站。这个最大的水电站淹没了三峡中的部分人文景观和自然景观，却产生了一批更具魅力的新景观。

长江三峡工程位于巫峡内，1994年12月14日正式动工兴建。长江三峡工程与英吉利海峡隧道工程、香港新机场工程、中东和平管道引水工程等并称为世界超级工程。工程采用"一级开发，一次建成；分期蓄水，连续移民"的方案。

长江三峡工程的建设者创下了多项世界之最。大坝总方量居世界第一：大坝为混凝土重力坝，坝顶总长3 035米，坝顶高185米。防洪效益属世界水利工程之最：正常蓄水位175米，总库容393亿立方米，其中防洪库容221.5亿立方米，每秒排沙流量为2 460立方米，泄洪坝段每秒泄洪能力为11.6万立方米。它是世界上最大的水电站：水电站共装机26台，单机容量70万千瓦，总容量1 820万千瓦，年发电量846.8亿千瓦时。

大坝建有双线五级船闸，可通过万吨级船队。大坝的单线一级垂直升船机，一次可通过一艘3 000吨级的客货轮。工程竣工后，它将发挥发电、防洪、航运、养殖、旅游、保护生态、净化环境、开发性移民、南水北调、供水灌溉等十大作用，是世界上任何巨型水电站都无法比拟的。

世界发射第一颗气象卫星

2005 年 8 月，第 9 号台风"麦莎"在浙江省玉环县干江镇登陆。在台风登陆前，人们都从因特网或报纸上获得了由中国气象局发布的"台风卫星云图"的预报，准确及时地掌握了台风的风力、雨量、行走路径等情况，使抗台防灾获得最佳效果，把损失降到了最低点。

气象卫星的投入使用，使天气预报的准确性大幅度提高，人们可以根据天气预报安排出行和工作，使"晴带伞，饱带饭"的千年古训成为过时的格言。

在气象卫星出现之前，人们只能依靠设立地面气象站来观测天气。为了获得全面的气象资料，不仅得在有人居住的地方设立气象站，而且还得在海洋、高山、沙漠、极地等恶劣的环境中设立气象站，并用气球、火箭和无线电探空仪观测天气，收集气象数据。但这样收集的数据很不全面，给准确预报气象带来了困难。气象卫星上配置了先进的装备，可以拍摄气象云图，测量温度、湿度、风速、气压等气象参数。而在气象卫星出现之前，这些科学数据是无法收集到的。

世界上第一颗气象卫星，是美国于 1960 年 4 月 1 日发射的"泰罗斯"1 号。它在 700 千米高的轨道上绕地球共运转了 1 135 圈，拍摄了 22 952 张气象云图和地势照片。在气象卫星中还有一种是同步卫星。这种卫星始终"停留"在地球表面某一区域的上空，能连续 24 小时监测卫星下方大片地区的天气变化，每隔 20 分钟就拍摄一次气象云图照片。

气象卫星在抗灾防灾、准确预报天气中发挥了积极的作用。1968 年 8 月，美国"艾萨"气象卫星向地面发回的云图中显示，加勒比海上空正在形成一种破坏力很大的台风云。从不断发回的云图显示，这种台风云变得越来越大，预示一股罕见的强台风很快就要来临。当地政府部门根据气象预报，及时组织居民转移。结果，居民转移后不久，一场罕见的飓风奔袭而来。因气象卫星的及时预报,人类避免了一场可能造成 5 000 多人死亡的灾难。

我国已发射多颗气象卫星。1981 年,我国长江上游连降大雨,长江水位猛涨,假如继续连降大雨,就得在荆江一带分洪,但这将淹掉 60 万亩良田,并须安排 40 万人搬迁。后来根据气象卫星提供的云图分析,未来几天天气将转晴,可以不分洪。结果,60 万亩良田保住了,数亿元的搬迁费用省下了。目前,全世界已发射气象卫星 100 多颗,形成了全球气象卫星网。从此,在气象卫星网的监测地区,再也没有漏掉过一次台风预报。

世界发射第一颗气象卫星

 # 一次游戏与圆顶建筑

在第 67 届世界博览会上，人们看到的美国展馆是一个巨大的圆顶建筑，它由成千上万个三角形支柱构成了巨大的"气泡"，跨度达到 25 英尺，高度相当于一幢 20 层大楼，其间竟然没有一根着地的立柱。参加博览会的人看到这样气魄雄伟的建筑，无不叹为观止。

它的设计者是美国人阿·伯克明斯塔·富勒。这种圆顶建筑的设计发明，与富勒小时候的一场游戏有密切的关系。

幼年的时候，富勒的眼睛不好，既远视，又内视(斗鸡眼)。上幼儿园时，老师发给每位小朋友几根牙签和几粒豌豆，让大家自己做搭建筑物的游戏。眼睛健康的小朋友，拿起牙签和豌豆粒，一会儿就搭出了一个个长方形建筑物。可是小富勒不行，搭呀搭，把手里的几根牙签和几粒豌豆摆来摆去，都搭成了三角形。

"呀，多难看，三角形。"一个小朋友跑过来一看，吃惊地说。

"嗯，可能你不会搭别的形状吧。"另一个小朋友露出了不屑一顾的神情。

小富勒在一旁手足无措，低头不语。

这时候，老师走过来，看了看小富勒的"杰作"，笑了笑说："小朋友，富勒搭的三角形有什么不好？"

"老师，我不会搭其他形状。"诚实的小富勒嗫嚅着说。

的确，在小富勒的眼里，平时看到的物体都是胖乎乎的，不像其他小朋友能看到房屋是矩形建筑。

"嗯，没关系。你搭得很好，连豌豆都没有用上，三角形还那么稳固。"老师表扬了他。

小富勒的心里乐开了花：他还能创造别人创造不出来的东西！他第一次感受到了小朋友向自己投来的羡慕的目光！

后来,富勒长大了,开始对数学和建筑学感兴趣,并逐步进行研究,终于有了一个惊人的发现:"三角形是天然的最稳固的形状。"而这一发现与小时候的"潜意识"有密不可分的关系。

他把这一发现用在建筑学上,希望数学与建筑学能够巧妙地"联姻"。于是,他绘出了一张又一张图纸,想改变当时建筑界简单的矩形结构。

有一天,他在大海边游玩,看到一只海龟背着椭圆形的背壳,慢慢悠悠、稳稳当当地从沙滩走向大海,便突然想到:能不能设计出一种椭圆形或圆形建筑呢,像龟甲一样,不是很美吗?可是,这样的建筑如何能够牢固呢?他再次想到了儿时的那幕游戏:

"对,用三角形。"想到这儿,富勒的心里充满了喜悦。

后来,他果然设计出了一座座圆顶风格的建筑。其中,第 67 届世界博览会上的美国展馆便是他的传世杰作!

一次游戏与圆顶建筑

 # 苏联第一座核电站启用

世界上第一个将核技术用于发电的国家是苏联。第一座核电站位于苏联奥勃宁斯克城的物理电气工程院。1954 年 6 月 27 日,世界上首批电灯被原子能点亮了。

当核电站启动,管道中出现由原子能发热产生的蒸汽推动发电机时,苏联科学院院长、库尔恰托夫原子能研究所所长 A.阿列克山德洛夫院士向同伴开玩笑说:"身上轻松啦,库尔恰托夫!"因为苏联人常对刚洗完蒸汽浴的人说"身上轻松啦",以表示问候。

据 A.阿列克山德洛夫回忆,在核电站发出的电点亮普通灯泡前,"许多人认为,总的来说,原子能只不过是科学家和工程师们的玩意儿,将来未必能有广泛的应用,未必能与普通燃料——石油、天然气、煤炭等竞争。现在,大家已经不这样想了……"

在核电站建成之前,人们已明显感觉到"能源危机",因为有人作了精确计算,已知的石油和煤的贮藏量,只能供人类用到 2100 年之前。甚至有人悲观地认为,到 2100 年,能源耗尽,人类将重新回到原始时代,再次使用牛、马、风车及水车。而当核能被发现之后,人们对核能又充满着希望,因为一克铀里蕴藏的能量几乎相当于一吨半高质量无烟煤发出的热量。只是如何让魔鬼变成天使,人们心中还没有底。其实,让核裂变以链式反应的方式进行,核能就会在极短的时间内释放出来,造成爆炸。如果对核裂变反应速度进行控制,让其慢慢地释放出来,核能就能被和平利用。

苏联建成的世界上第一座核电站功率只有 5 000 千瓦,用现在的眼光来看,它就像一个"侏儒"。我国第一座核电站秦山核电站于 1991 年 12 月 15 日和华东电网并网发电成功,总装机容量为 30 万千瓦。

核能发电与其他形式的发电相比,具有耗费低、污染少、安全等特点。据 20 世纪 90 年代统计,世界上核能发电已占总发电量的 17%。据预测,到 2050 年,核能发电总量将占世界总发电量的三分之一。

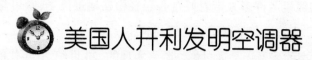

美国人开利发明空调器

居室,是人们饮食起居的主要场所。居室里的小气候,既与室外的大气候相通,又相对独立,形成一个独特的环境。人的大部分时间是在居室的小气候中度过,因此,室内环境的好坏,对人的生活方式和身体状况影响颇大。

今天,当我们坐在家里,享受着空调带来的冬暖夏凉时,我们应该感谢一个叫开利的美国人。

不过,谁也无法相信,开利的发明还应该部分归功于纽约市布鲁克林区一个怨气冲天的印刷作坊老板。原来,这个老板的印刷品由于受到空气中的温度和湿度变化的影响,使得纸张伸缩不定,油彩对位不准,印出来的东西总是模模糊糊。于是,他在发完脾气后,便想到找开利来帮他解决难题。

可以说,第一台空调器发明出来后,最先"享受"到好处的是机器,而不是人。一开始,人们用开利的空调器来调节生产过程中的温度和湿度。空调器的第一个买主,是美国南方的一家纺织厂。美国南方的空气湿度不够,梭子摩擦产生的大量静电使成品布毛乎乎的,降低了布匹的质量。这家纺织厂用空调器解决了这个难题之后,化工业、制药业、食品加工业以及军火制造业,都大量涌现了空调器买主。1907 年,开利出口了第一台空调器,买家是日本横滨的一家丝绸厂。

随后,开利以"空气处理装置"为名在美国申请了专利。随着业务的拓展,开利与六位朋友集资 3.2 万美元,在 1915 年成立了开利工程公司。1922 年,开利工程公司研制出空调史上具有里程碑意义的产品——离心式空调机,简称离心机。离心机最大的特点是效率高,这为大空间调节空气打开了大门。

当年,底特律有一家叫哈德逊的著名百货公司,公司的经营特色是定期在地下室举行甩卖会。可是那里的空气异常闷热,时常有人在商场晕倒。开利工程公司觉得这是一个难得的商机,于是选择哈德逊百货公司作为市场的切入点,于 1924 年为其安装了三台离心机。想不到,这三台离心机竟然成为商家吸引顾客的"摇钱机",许多人带着好奇心轻轻松松地逛商场,既可享受清凉,又可选购商品。此举为商家赢得了巨额利润。

但是,空调的普及还是通过影剧院来实现的。20 世纪 20 年代的娱乐业,一到夏天就很少有人问津,因为谁也不愿花钱买罪受——有谁愿意大汗淋漓地坐在那里观赏节目呢?1925 年的一天,开利与纽约里瓦利大剧院联手发动了一轮密集的空调广告轰炸,打出了保证顾客"情感与感官双重享受"的口号。那一天,里瓦利大剧院人山人海,只不过几乎所有的人都备有纸扇,以防万一。然而,人们一跨入剧院的大门,便被剧院里的清凉征服了。从此,空调进入了迅猛发展的阶段。

今天,空调已进入千家万户,让家家户户享受到四季如春的感觉。

五笔字型汉字输入法

　　电脑是美国人发明的。美国人发明电脑的时候，只发明了英文输入法，而将汉字拒之门外。由于电脑在我国国防、科技、工农业生产中的应用日益普遍，如果汉字不能像英文那样方便地输入电脑，其后果将令人无法想象。计算机汉字输入这个难题是由中国科协委员、北京王码电脑总公司总裁、全国劳模王永民解决的，他发明了王码五笔字型，使中国汉字在电脑时代再创辉煌。

　　王永民出生于河南省南阳市南召县一个农民家庭，1962 年考入中国科技大学无线电电子学系。1977 年 10 月，王永民离开了工作八年的四川永川国防科委某军事部门，回到家乡南阳，被分到地区科委工作。当时南阳引进了一台日本人发明的汉字照相排版植字机，但这台机器在汉字输入后不能校对，一个字输错就得重新照相制版。这时，有家仪器厂花了九万元做出了一个幻灯式键盘来解决这个问题。这个幻灯式键盘由 24 片幻灯片组成，每片幻灯片上有 273 个字，可输入时很麻烦，谁能记住哪个字在哪张幻灯片上啊？

　　当时人们设计了各式各样的键盘，有 94 键的，也有 99 键的，还有一个键上输入 1~9 个字的。总而言之，这些汉字输入键盘的特点都是键很多，键盘与电脑主机相比，像个庞然大物，显得很不协调。面对难以方便地输入电脑的汉字，甚至有人提出应改造汉字，废弃汉字……面对这样的状况，王永民决定自己发明一个汉字电脑输入键盘。

　　要设计键盘，首先得有一种好的输入方案。英文只有 26 个字母，因此只需 26 个输入键。但汉字有几万个，常用字就有 7 000 多个，怎么输入呀？王永民请了十几个小姑娘，把《现代汉语词典》中的 11 000 个汉字全部抄到 11 000 张卡片上，然后根据字根编码。编完卡片一检查，有 800 对重码，按此方案，分上下档键，尚需 188 键。从此，王永民踏上了压缩键位的艰难历程。138 键、90 键……到 1980 年 7 月 15 日，王永民把键位压缩到 62 个。能否将 62 键改成

26 键?英文字母只有 26 个,如果能成功,就意味着汉字输入可采用国际流行的键盘。

1983 年元月,采用 26 键的五笔字型汉字输入法终于基本成型。1983 年 8 月 29 日,河南省科委组织鉴定会,对五笔字型汉字输入法给予高度评价。

专家们认为,王永民首创的 26 键标准键盘汉字输入方案,冲破了汉字快速输入必须借助于大键盘的思想束缚,是不亚于活字印刷术的伟大发明。从此,汉字输入不能与西文相比的时代一去不复返了!

美国科学家研制成功心脏起搏器

　　心脏是一个人的命脉所在。心脏位于左胸腔纵隔内,分隔成四腔,即左、右心房,左、右心室,前者由房间隔隔开,后者由室间隔隔开,房室间由心瓣膜分隔,整个心脏由心包膜包裹。心脏本身的营养由主动脉分出的冠状动脉供应。假如人的心脏出了毛病,就好比汽车的发动机出了毛病。

　　心脏通过内在的有节奏的电脉冲系统向身体各部位输送血液。电脉冲通过神经传遍心脏;神经与心脏肌肉纤维相连,使其收缩。一旦大脑缺乏血液供应数分钟,就会引起永久性损伤,有时甚至会引起死亡。心脏还有一套备用的脉冲系统,在遇到紧急情况时会接过第一套脉冲系统的工作,但是它每分钟产生的心跳次数,不足正常心跳的一半,因此还不能维持人整个身体的活动。

　　1862年,英国外科医生沃尔会什最先提出在心跳停止时使用感应电脉冲。过了十年,法国医生德布罗内将一个电极安放在心跳停止的病人皮肤上,把另一个电极握在右手中,同时左手有节奏地轻压病人的胸膛,使心肌收缩。所有这些工作,部分地解决了拯救心脏的难题,表明制造人工心脏起搏器是有希望获得成功的。

　　直至1932年,美国心脏病专家海曼才研制出临床用的第一台有效的心脏起搏器。这个重7.2千克的仪器被他称为"人工心脏起搏器"。海曼从这个大型的起搏器内引出一根导线,通到心脏的表面,或穿过一条静脉通到右心室。这种心脏起搏器问世后,许多病人的生命得到了拯救。第二次世界大战期间和战后的技术发展,使心脏起搏器有了很大的改进,体积大大缩小,并可安放在病人的体内。

　　可是,不要误以为心脏起搏器可以代替心脏,它不是人工心脏,也不能代替心脏输送血液。它的作用只是产生电脉冲。有的起搏器一直不停地产生电脉冲,有的起搏器只是在自然系统失灵后才产生电脉冲。心脏起搏器由电脉冲来帮助心脏继续工作。

随着科学技术的进步，心脏起搏器不断改进、完善，直至发展成一种很小的电子器件，通常可直接植于胸部的皮肤下。目前，新型的心脏起搏器使用核电池，可持续使用十几年，给病人带来了极大的方便。

计算机战胜国际象棋世界冠军

1997 年，美国纽约某保险公司的大厦里热闹非凡，这里将举行计算机和国际象棋世界冠军卡斯帕罗夫的世纪大战。

在众多记者镁光灯的追踪下，卡斯帕罗夫面带笑容，镇定地步入棋室。这位名震国际棋坛的"世界第一棋手"出生于阿塞拜疆，从小痴迷于国际象棋，并表现出杰出的才能，13 岁时夺得全苏少年国际象棋大赛的冠军，17 岁时获得"特级大师"称号。在国际象棋比赛中，他几乎击败了所有对手，当之无愧地荣获世界冠军。

这天，卡斯帕罗夫的对手是一台名叫"深蓝"的 IBM 超级计算机。它的外形并不特别令人瞩目，绿色的底座上并列着两个外形似黑色保险柜的箱子，一台摇头电扇不停地为它吹风降温。两排指示灯告诉人们，它有 32 个处理器，正在等待开战的指令。"深蓝"的设计者许峰雄博士被人誉为"深蓝之父"，也来到比赛现场，他将通过另一台带有液晶显示屏的黑色电脑，操纵"深蓝"，迎战世界冠军。

许峰雄博士也有不凡的经历，他出生于中国的台湾省，从小喜欢下国际象棋。有一次，他观看一部电视剧，其中有这样一个情节：主人公棋艺并不高明，却利用电脑战胜了高水平的棋手。于是，许峰雄博士决心研制一台高水平的"棋手电脑"。1987 年，他设计的第一台能下棋的电脑叫"蕊验"，在与其他电脑的角逐中获得了冠军。第二年，"蕊验"又升级为"深思"，首次战胜了国际象棋特级大师，但"深思"却不是国际象棋冠军卡斯帕罗夫的对手。这台"深思"引起了 IBM 公司的极大关注。许峰雄博士来到 IBM 公司后，研制出了"深蓝"。

1996 年，"深蓝"与卡斯帕罗夫交锋。但卡斯帕罗夫到底是"有史以来最伟大的棋手"，以三胜两平一负再次战胜电脑。许峰雄博士从"深蓝"的进步获得信心。在以后的一年时间里，许峰雄博士和另外四位电脑科学家进一步提高了

"深蓝"的运算速度,使它每秒能分析两亿步棋,并决定于1997年5月3日下午再次与卡斯帕罗夫交战。

卡斯帕罗夫自信地在棋盘一侧坐下来。在棋盘的另一侧,许峰雄博士站起身来与他握手。许峰雄博士戴着深度近视眼镜,身穿黑色西装,似乎胸有成竹,充满信心。

从5月3日下午到5月11日,在全世界亿万双眼睛的注视下,经过六局紧张鏖战,"深蓝"终于以3.5比2.5的总比分战胜了卡斯帕罗夫。

"深蓝"的胜利,实际上是人类智慧的胜利。人发明的工具最终总会超过人自身,就如汽车是人双脚和体力的延伸,但人的奔跑速度和体力远不及汽车。电脑是人智力的延伸,电脑的智力终究也会超过人本身。但电脑是人发明的,人终究是电脑的操纵者。

木楔与斜塔

鲁班是我国春秋末期的一位能工巧匠。相传,他到苏州游览的时候,曾巧妙地扶正了一座倾斜的宝塔,在当地传为佳话。

有一天,鲁班来到苏州城里参观这里的古建筑,在茶馆古塔间流连忘返。忽然,前面传来了一阵乱哄哄的嘈杂声,只见在一片绿地上斜立着一座高高的宝塔,宝塔前,一位身穿绸缎、腰系香袋的富翁正厉声地呵斥着一个汉子:

"要么你给我重新修建,要么你给我把宝塔扶正。否则,我饶不了你,非把你送到官府惩办不可!"

"大人……要是推倒重建,我就是卖儿卖女也无法把这宝塔建起来呀!"那位中年汉子半跪在那儿,一手抱着头,神情沮丧地说。

"不行的话,你就给我把宝塔扶正!"那富翁气势汹汹。

原来,那位富翁是当地的"名流",为了行善积德,准备修建一座宝塔,流传千古。可是,这位工匠用了近三年的时间,精心修造,花费了许多木料,想不到建起来的宝塔虽然看上去很壮观,却向一边倾斜了。富翁见了,认为建塔反而惹人议论,有损自己行善积德的初衷,因此亲自找工匠算账。

鲁班知道了事情的来龙去脉以后,立即拨开人群,对宝塔仔细地观察了一番,然后,轻轻地拍了拍工匠的肩膀说:"你不用太着急,只要你找点儿木料来,我有办法扶正它。"

"真的?"那位工匠喜出望外。

"没问题,我一个人,一个月的时间就差不多了。"鲁班非常自信地说。

那位工匠半信半疑地回家弄来了木料,耐心地等待着。鲁班呢,不急不躁,先把这宝塔从头到尾再次认真地察看了一遍,觉得这座宝塔从工艺上讲还是很好的,结构也很牢固,如果把它全部拆开来重新安装,那样不仅会破坏整体形象,而且要浪费许多木料,花费的时间也太长,只能"智取"。怎么个"智取"法呢?鲁班看到这宝塔只向一边倾斜,便灵机一动,决定用木楔来慢慢扶正。于是,他把木料砍成一块块带斜面的小木楔,然后把小木楔一块块地向宝塔倾斜的那一面塞,这样,倾斜的那面就被慢慢抬高了。鲁班起早贪黑,叮叮当当地敲呀敲,一个月以后,那宝塔果然直立起来。

"你真是神了。"那位穷苦的工匠见了,非常感激地说,"请问师傅,你是怎么把这个宝塔扶正的呢?"

"你看,这宝塔全部是木质的,各个部件之间拉扯得比较结实,形成了一个有机整体,其他的办法都将破坏宝塔的整体结构。可是,打木楔能起到'四两拨千斤'的作用,把木楔打进去,既能让倾斜的那面逐渐抬起来,而且从表面上又看不出来,并不影响宝塔的美观,这样不是很好吗?"

那位工匠听了,佩服得五体投地。从此,鲁班创造的用木楔来扶正建筑物的方法得以广泛流传。

人类开辟潮汐发电新途径

　　凡住海边的人，几乎每天都能见到海水的涨涨落落。它日复一日，年复一年，从不间断。海水退潮时，显露出大片沙滩；而海水上涨时，又会淹没本属于沙滩的领地。海水的这种涨落现象，称为潮汐。

　　海水的涨落，蕴藏着巨大的能量。中国杭州的钱塘江入海口是著名的钱塘江大潮出没的地方，农历八月十八日，潮头高达 3～5 米，每秒钟能推进 10 米，带来海水 10 万～20 万吨。潮汐会带来水位差，如加拿大的芬迪湾，最大潮差为 21 米，英国的塞江潮差为 15 米。这种水位差造成了强大的冲击力，蕴涵着巨大无比的能量。有科学家作过统计，海洋潮汐能的理论储量为 30 亿千瓦。中国大陆沿岸的潮汐能储量约为 1.9 亿千瓦，可开发利用的装机容量为 2 157 万千瓦，年发电量约为 618 亿千瓦时，居世界第四位。

　　我国唐朝时，沿海地区就有人利用潮汐来磨粉、锯木、吊石头等。19 世纪末，德国工程师科诺波罗奇在易北河下游修建了一座潮汐发电站，可惜未能成功，但为后人指明了潮汐发电的方向。第一次世界大战期间，一座建在胡苏里的潮汐发电厂开始发电，开创了潮汐发电的新纪元。

　　从 1972 年开始，我国在浙江乐清江厦试建了一座装机容量为 3 000 千瓦的潮汐发电站，这是我国最大的一座潮汐电站，年发电量达 620 万千瓦时，居当时世界第三位。此外，福建平潭幸福洋潮汐发电站于 1989 年并网发电成功，年发电量 315 万千瓦时。

　　人类经过实践，已探索出三种潮汐发电的形式，即单库单向型、单库双向型和双库双向型。随着人类对能源需求的不断提高，加之科学技术的进步，潮汐电站正朝着大型化、实用化的方向稳步发展。

　　在潮汐发电的启发下，海浪发电也引起了人们的重视。奔腾的海浪蕴藏着巨大的能量。有人测试，海浪对海岸的冲击力每平方米可达 20～30 吨，有的甚

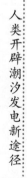

至达到 60 吨。它可以把 13 吨重的岩石抛到 20 米高处,使 1 700 吨重的岩石翻身,还能把万吨巨轮推到岸上。每 1 平方千米的海滩上,一起一伏的海浪蕴藏着 20 万千瓦的能量。如果能利用海浪发电,将使人类在利用新能源的路途上又迈进一步。

美国工程师发明电子邮件

因特网建立后，发送电子邮件成为因特网的一个特殊功能。电子邮件是美国工程师雷·汤姆林森发明的。

汤姆林森是个沉默寡言、谦虚谨慎的工程师。他所在的 BBN 公司的同事这样评价他："他沉默寡言，过分谦虚，但他多年来一直是公司里年轻程序员的典范。他是我所见到的最出色的独一无二的编码员。""最重要的是，他对技术充满激情。具有他那样资力和经验的人几乎都改行搞管理了，但汤姆林森所钟情的一直是在技术的领域中永远独占鳌头。""他解决问题的天赋，使他成为为建设因特网默默奋斗的勇士。"

1971 年，汤姆林森致力于开发这样一个软件：在同一个主机系统中各台电脑上工作的人员，写下的留言能够发送出去并能在另一台电脑中接收到。另一台电脑的操作者也同样能把留言发送给他。为开发这一软件，汤姆林森在一年中投入了很大的精力。

汤姆林森回忆说："实际上，我对第一个邮件是什么时候发送的，记忆相当模糊，因为新软件存在种种缺陷。有时，键入一些新的内容，却什么都没有发送出去。有时，有内容顺利传输了，再尝试发送一个更长的邮件时，却又未发送出去。于是，我不得不进一步寻找软件程序中的不足，进行修改。因此，电子邮件的诞生经历了一个很长的排除缺陷的过程。"

等到一个邮件能从一台电脑发送到另一台电脑后，汤姆林森的第二项任务就是让他所发的邮件能送达接收人，同时又不会被其他人接收。他选定"@"作为所有电子邮件的标志，又用英文字母和数字组成一个发送者和接收者都可以识别的独特的电子邮件编码。为了使邮件具有保密性，他又设置了密码。

当程序最后确定的时候，他给其他工作人员每人发了一个电子邮件，说现在可以给其他电脑操作者发邮件了。因此，汤姆林森说："电子邮件是我自己宣

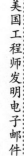

布问世的。"

　　今天,电子邮件已走进我们的工作和生活中。网民常遇到这样的情况:每天工作的第一件事和最后一件事是查看电子信箱中有无电子邮件。英国伦敦的一位企业总裁说:"今天如果你没有电子邮件地址,那么就没有人会跟你谈生意。"确实,快捷、方便的电子邮件已成为现代生活中一种不可缺少的、重要的通信手段。

School Life

世界上第一座核反应堆成功运行

　　1911 年,被称为"原子能之父"的英国物理学家卢瑟福提出了被誉为"第二个太阳系"的原子核模型:原子中有一个体积很小的带正电的核,它几乎集中了原子的全部质量,而电子绕原子核旋转,就像行星绕太阳旋转一样。原子不是一个坚实的球体,它的内部几乎是空的。如果假想原子被放大成高如房屋的气球,那么原子核还不及一个针尖大。卢瑟福同时意识到,原子核中蕴藏着巨大的能量,这种能量是产生射线的原因。

　　对于原子核能产生巨大能量的问题,直至 1938 年底才被证实。德国科学家哈恩与施特拉斯曼在实验时发现,铀原子在分裂过程中能释放出巨大的能量。这就是核裂变,即中子可以把一个重核打破,在中子打破重核的过程中,同时释放出能量。

　　核裂变的发现无疑成为释放原子能的第一声春雷。按照爱因斯坦提出的质能转换公式 $E=mc^2$,即某个物体贮存的能量相当于该物体的质量乘以光速的平方,核裂变产生的能量是令人震惊和兴奋的。震惊的是它释放的能量足以形成巨大的爆炸,而兴奋的是若能把它控制利用起来,其价值不可估量。

　　法国科学家约里奥·居里对这个问题很感兴趣。他在进一步研究中发现,铀在裂变中释放出多余的中子,能够依次分裂别的铀原子,核裂变能够以链式反应的方式进行。如果让核裂变以链式反应的方式进行的话,核能就会在短时间内释放出来,引起爆炸。于是,美国科学家费米设法对裂变反应的速度进行控制,让其能量慢慢地释放出来,使"核火"静静燃烧,为人类所利用。这种能进行控制核裂变反应的装置就叫原子核反应堆。原子核反应堆的种类有很多,但其控制核反应速度的原理是一样的,那就是通过控制有效中子的数目来控制核裂变的速度。

　　费米对核裂变反应曾作过这样一个比喻:一场链式反应可以比做一堆垃

圾由于自燃而引起的燃烧。在这样的一场火中,开始时垃圾堆只有小部分燃烧起来,然后依次点燃其他小碎片。当足够多的这种小碎片被加热到燃点时,整个垃圾堆便会突然腾起火焰。这个比喻恰如其分地解释了核反应堆的工作原理。

1942 年 12 月,在美国科学家费米领导下设计和建造的第一座核反应堆成功运行,这标志着人类进入了原子能时代。第一座原子核反应堆的建造,使人们有可能释放并利用"囚禁"在原子"心脏"里面的巨大能量。这种能量最先是以原子弹的形式被利用的,现在,人们已把它用在造福于人类的事业中,这才是科学的真正价值所在。

父亲的批评与声控电脑

1985 年 10 月的一天,美国斯坦福大学的实验室里,玛迪娜·肯普夫对着一台装在残疾车上的电脑大声地发出了指令:"前进!""向右转!""后退!"

残疾车在电脑的指挥下就像一个听话的孩子,一会儿向前开动,一会儿向右转,一会儿向后退去……在场的专家学者们个个拍手称奇,大家做梦也想不到电脑能听懂人的话,听从人的指挥,这真是太神奇了。

玛迪娜发明声控电脑的事立即轰动了美国。亲朋好友都来向她道贺,她却笑着说:"我的发明是为了父亲。"

原来,玛迪娜的父亲是一位残疾人,两岁时得了麻痹症,落下了脚疾。她的父亲是一位坚强而聪明的人,发明了许多供残疾人使用的物品,深受残疾人的喜爱。

有一次,玛迪娜父亲的轮椅卡在了家门前的一个凹坑里,他便着急地喊起来:"玛迪娜,玛迪娜……"心情不好的玛迪娜并没有马上答应。这时候,父亲终于发起火来:"玛迪娜,爸爸只能借助声音来指挥你,你不能来帮帮我吗?"玛迪娜听了,感到很愧疚,父亲的这次批评也烙进了她的心灵深处。

中学毕业后,她决心像父亲一样发明残疾人用品,帮助更多的残疾人更好地生活。她先设计制造了一辆单手驾驶的汽车,父亲见了非常高兴。可是,她想,要是有的残疾人手脚都没有了,那又怎样来驾驶这单手车呢?玛迪娜沉思起来……

"玛迪娜,我只能借助声音来指挥你……"有一天,父亲的话再次在她的耳边响起。

"我为什么不能发明一种用声音来指挥的车呢? 这样不就什么都解决了吗!"智慧的火花在玛迪娜的心中突然闪过。

这奇妙的想法在玛迪娜心中产生以后,她立即投入了实践。她利用声电转

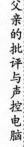

换技术设计出了一种电子装置,成功地把不同的声音变成了不同的动作,制成了声音驾驶的汽车,还获得了杜塞多夫的"金方向盘"奖。

"虽然这台声控驾驶汽车方便了没有手脚的残疾人,可是这声控电子装置太大了,而且非常浪费电,残疾人用起来还是不方便。能不能再制造出一种更省电节能的、体积更小的声控汽车呢?"玛迪娜又在心里琢磨起来,并带着这种美好的梦想进入美国的斯坦福大学深造。

在大学里,她一边抓紧学习书本知识,一边埋头研究声控汽车。后来,她终于发明了世界上第一台声控电脑,又将它成功地安装在汽车上,制成了灵巧、节能的声控汽车。

云与人工降雨

我们都知道人工降雨有两种方法,一种是在云中大量投放干冰,一种是在足够的云中喷洒碘化银。这两种人工降雨的方法都是美国纽约通用电气公司的技术人员发明的。

先说第一种:干冰降雨法。

它的发明者谢弗一直在通用电气公司的实验室从事科研工作。他知道雨的形成是海洋或湖泊中的水,经过太阳的蒸腾变成了气,渐渐变成了云;当云中有了灰尘这样的小颗粒作为内核的时候,一旦遇上冷空气,变成像雪花一样的冰的晶体,落到地上就成了雨……

于是,谢弗尝试着用不同物质作为内核来进行人工降雨。他向气象学家请教,用粉尘、泥土和盐类这些天然材料作为“内核”,一次次地投向实验室的制冷器中,可是,从未看到一粒像雪花那样的晶体,更不要说雨了。他看见的只有制冷器底部那一层细细的“垃圾”。

他没有灰心,继续实验。一个炎热的中午,他把各种材料投向了制冷器中,恰巧,一位朋友来请他吃饭。于是,他把制冷器的盖子盖好,暂时放下实验。饭后,他担心制冷器里的温度不够低,决定向制冷器中再投放一些干冰(干冰是二氧化碳的固态形式)。他打开制冷器盖子,把干冰投进去的时候,不由得打了一个哈欠,霎时间,一个奇迹出现了:在射入制冷器的少量光线中,他一眼看到了一片片极小的闪光的碎片——这正是冰的晶体。

“成功了!”谢弗惊喜地说,“原来,要得到冰的晶体并不需要什么材料做内核,只要大量干冰。”

1946 年 11 月一个寒冷的日子,谢弗驾驶着飞机飞上了云层,把干冰洒落到云层中。地面上,人们看到雨水从飞机穿过的云层里落了下来……

另一种人工降雨方法的发明者是伯纳德·万内格。他学习过弗笛森的冰晶理论,相信降雨必须用微小的内核,而后变成雪的碎片,再降成雨。他选择的材料是碘化银。通过点燃,把它变成微小的颗粒,再撒到大气中,一次一次等待雨雪的到来。可是,都没有成功。

"你使用的碘化银不纯,而且颗粒太大。"一位科学家关心地说,"换一下再试试看。"他欣然接受了这一建议。

后来,他又花费了很多心血,把碘化银磨成很小的碎片,像烟雾一样喷射到大气层中,果然出现了晶莹的雪片、可爱的雨滴……伯纳德·万内格还发现,只要有足够的云量,很少的碘化银就能促成一场人工降雨。

这两种不同的人工降雨方法同时得到了科学界的认可。

世界上第一个人工肾脏

人体腰部的左右两侧各有一个肾脏，别看肾脏体积不大，可是作用相当大。可以说，人体血液过滤、净化的任务，全部由肾脏来承担。

肾脏的生理功能，除排泄代谢物，调节水、电解质、酸碱平衡，维持机体内环境恒定外，还有内分泌功能。就以血液净化为例，它的作用又是何等重要。我们知道，人体血液中除了红细胞、白细胞外，还有大量的血浆。主要由水分构成的血浆，在血管内形成血液流动的河流。因为有了血浆，血液才能顺畅流通。当身体的细胞把热量转化为其他形式的能量的时候，也会产生一些废物。如果让废物累积在机体的组织内，就会损害人的身体健康，并危及生命。所以细胞把废物送进血液，随着血液流到肾脏，肾脏回收血液中的有用成分，同时把有毒的以及不需要的物质通过尿液排泄出去。肾脏的功能就相当于血液的净化器。不过，这仅是肾脏工作的一部分。

肾脏也会患病，肾脏疾病有很多种，严重的肾脏疾病可引起肾功能衰竭，甚至可置人于死地。

肾脏在人体器官中扮演了如此重要的角色，一旦它出了问题就会给患者带来极大的危险。因此，许多科学家致力于肾脏病的研究，并致力于人工肾脏的研制。1943年，荷兰医生科尔夫制成了世界上第一个人工肾脏，这是首次以机器来代替人体的重要器官。这种人工肾脏的工作，是让病人的血液流过机器内的一个水槽，槽内有一个用胶膜包着木框制成的过滤器。血液中的有毒物质能透过人工肾脏的胶膜渗滤过去，血球和蛋白质则不能通过。这台机器可暂时代替人体的肾脏功能，以使损坏的肾脏逐渐康复。

不过，人工肾脏也有不尽如人意的地方，它需要不断完善。1960年，美国外科医生斯克里布纳发明了一种塑料的连接器，这种连接器可以永久性地装进病人的前臂，连接动脉和静脉，使人造肾脏极易与它相连，不会损伤血管。此后

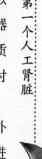

的数年之内，已有千万名肾病患者利用人工肾脏进行了透析治疗，以维持生命。很多病人接受了专门的训练后，可以在家做透析。

20世纪70年代后，一些功能性高分子纤维得到迅速发展。新的医用人工肾血透析器以三醋酯中空纤维为材料。这种人工肾脏操作简便、效率高，世界上已有数十万人靠这种人工肾脏生活。

英国发明家发明电视系统

　　现在，人们已经习惯了有电视的生活，一旦缺少了电视，各类信息的来源便会中断，人们的生活也会缺少乐趣。电视的诞生，可以说是人类最伟大的发明之一。

　　1925年，英国发明家约翰·洛吉·贝尔德用自行装置的电视设备，第一次将移动的图像传向远处的接收机现场。也许当时他没有想到，他的这一举动将会牵动全球人的心，但他确实创造了一项科学史上的崭新技术，从而影响了现代人类的生活。

　　从19世纪末期开始，人们就对电视进行了研究。1900年，电视(television)这个词首次出现。对于电视的发明，早期的一些空想家、幻想家曾经提出过种种设想。有的考虑用电的方式传送图像，有的则想出了以圆盘扫描来代替电视扫描的办法。

　　出生于1888年的贝尔德，是一个爱幻想、富有激情的年轻人。他家境贫穷，家里没有钱供他深造，但他却像着了魔似的迷上了电视的发明。开始，他动手建造了一架能以集束光线扫描物体的摄像机，用一支光电管把光和被扫描物体的黑暗部分转换成电信号，又制造了一个能将这一过程颠倒过来的接收机。

　　1925年10月2日，贝尔德在伦敦的一个临时实验室里，用摄像机扫描了一个木偶的头部。他惊喜地发现，这个木偶的头像被闪烁不定地复制在他安置于另一间屋子里的荧屏上。于是，他飞快地跑出实验室，临时雇了一个小伙计坐在他的摄像机前，重复他的实验。这个名叫威廉·泰因顿的小伙子，成为历史上第一个出现在电视屏幕上的人。

　　贝尔德发明了电视，并不断地加以改进。与此同时，不少发明家也着手对电子系统进行探索。1939年4月30日，美国人第一次用电视节目播送了罗斯福总统在某个博览会上的开幕致辞。从此，电视进入了人们的生活。

203

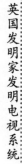

 # 美国五角大楼首创因特网

过去,被誉为"绿衣天使"的邮递员常是诗人笔下吟咏的对象。不过,把信函从一地送往另一地的速度太慢了,常常需一天或数天的时间才能到达。而现在,一声问候,一个喜讯的传递,只需要在因特网上发个电子邮件就行了,尽管相隔千万里,须臾之间就能到达。电子邮件不仅能传送文字稿,图形、照片也能丝毫不差地送达。坐在计算机前,灵巧地敲击键盘,轻轻地点击鼠标,瞬间电子邮件就发送成功了。

这一切,全靠建设了一个全球性的因特网。

据统计,到 2005 年,因特网的使用者已超过七亿人。

因特网的设立最早是基于战争状况下的通信网络而建设的。1968 年,美国国防部提出一种设想:将一台台单独的计算机联接起来建立一个网络系统,类似于蜘蛛网,它的特点是没有中心,在网络上可以相互沟通,又各自独立,人人处于平等的状态。这样,即使一台计算机被破坏了,由于是并联入网的,它的受损也不影响其他计算机的运行。从提出设想起,仅用了不到一年时间,1969 年,美国国防部就建立了因特网的雏形——ARPA 网。当时,这个网由四个相互连接的计算机网络组成,三个设在加州大学洛杉矶分校,另一个设在内华达州。

1971 年,研究人员首次运用 ARPA 网发送电子邮件获得成功。这标志着网络与通信的结合获得了成功。

因特网的发展比预期要快得多。由于因特网为人们的信息沟通提供了极为方便的途径,人们纷纷要求加入因特网。至 1995 年,北美、欧洲和东南亚迎来了网络建设的高潮。因特网现已成为世界上最大的全天候无人控制的信息交流中心,对人类的生活和社会的发展都产生了巨大影响。

美国首次进行超音速试飞

美国加利福尼亚州的桑格菲尔山麓，有一个木罗克大干湖，长 17 千米，宽 6 千米，地面又平又硬，显得低洼而荒凉。湖畔有几幢低矮的建筑物，周围矗立着雷达天线。

这块低平的不毛之地是美国一个高速飞机的秘密试验场。

1947 年 10 月 14 日上午 10 时许，这块不毛之地的上空出现了一架巨大的 B-29 轰炸机。B-29 轰炸机在第二次世界大战中立下赫赫战功，被人们誉为"超级空中堡垒"。今天，它当然不会执行轰炸任务，它的弹舱下悬挂了一架由贝尔公司刚刚制造出来的造型奇特的 X-1 小飞机，X-1 小飞机肩负着一项超音速试验飞行的历史使命。

此时，即将驾驶 X-1 飞机进行超音速飞行的驾驶员查尔斯·耶格上尉，仍在 B-29 轰炸机的机舱里。当 B-29 轰炸机飞行达到一定高度和速度后，耶格上尉与轰炸机内的乘员握手告别，然后从轰炸机弹舱口悬挂的梯子上爬进 X-1 飞机狭窄的机舱里。

人类曾为达到超音速飞行付出过沉重的代价。早在第二次世界大战末期，英国伦敦因频频遭受 V-2 导弹的袭击，飞机设计师想制造一种超音速战斗机以防御敌人的导弹，创造了时速 1 120 千米的世界纪录，已与每小时 1 224 千米的音速十分接近。可是，当再次进行超音速试飞时，崭新的喷气式飞机却发出天崩地裂般的巨响，炸成无数碎片。勇敢的飞行员当即殉难。因为当飞机接近音速飞行时，整个飞机会突然发生颤动，操纵杆会变得非常沉重，勉强拉动，飞机的颤动会更加剧烈，紧接着飞机会突然粉碎性解体，造成机毁人亡的悲剧。这种怪异的现象人们称之为音障。

美国航空咨询委员会斯托克博士经过仔细研究后认为，引起飞机解体的罪魁祸首是激波，并提出超音速飞机应具备 30° ~ 40° 的后掠角，使超音速飞机在设计理论上取得突破。紧接着,贝尔公司着手制造了能冲破音障的 X–1 飞机。

耶格上尉全然没有考虑个人安危,他穿好抗荷服,镇定地在驾驶舱里坐定。紧接着,X–1 飞机脱离了 B–29 飞机,耶格上尉迅速把飞机拉平,点燃了发动机。X–1 飞机上装有的四台火箭发动机相继点火,只见飞机尾部吐出一股长长的白烟,飞机像一支利箭,迅猛地向前飞射。当飞机发动机启动 1 分 28 秒后,飞行速度达到了音速,紧接着又超过了音速。假定音速飞行的马赫数(飞行器相对于静止大气的速度与当地音速之比)为 1,现在的马赫数已达到 1.06,飞行高度是 13 000 米。超音速飞行获得了成功。

人类越来越意识到时间的宝贵,希望以最快的速度穿行于世界各地。目前,飞机的最高时速已达到音速的三倍多。

电子显微镜在德国问世

　　自然界中,除了人类和动植物以外,还有一个庞大的生物世界,这就是微生物。微生物都很小,小到把几亿个微生物堆积在一起时,也只有一粒米那么大。人们发现它们的时候,是在显微镜问世之后。17世纪,荷兰人列文虎克借助显微镜发现了组成动物身体的细胞,逐步认识了细胞核及其作用。这是显微镜发展史上的第一座里程碑。

　　随着对细胞的不断深入研究,光学显微镜的局限性日益明显。这是为什么呢?由于光学显微镜以可见光作为光源,分辨能力受到光波的影响,因此无法进一步了解细胞的微细结构。于是,人们又期待分辨率更高、功能更强的超级显微镜的出现。

　　1924年,法国物理学家路易·德布罗意发现电子束呈波状运动,但其波长要比光的波长短得多。这一发现意味着如果能找到使电子束聚集的方法,就能将其用来放大物体。两年后,德国物理学家汉斯·布施发现了调节焦点所产生的效果:电磁场或静电场中不再有电子了。实际上,电磁场或静电场成了一个透镜,电子变成了光。将两者结合,电子显微技术以惊人的速度向前发展。

　　1931年,德国工程师恩斯特·鲁斯卡在马克斯·克诺尔博士的指导下,对显微镜进行了改进,并制造了一台电子显微镜。这台显微镜,能将物体放大十几倍。1932年,恩斯特·鲁斯卡又致力于研究提高电子显微镜的分辨率,并在德国《物理学进展》杂志上发表了以《几何电子光学的进展》为题的论文,第一次使用了电子显微镜的名称。此后,电子显微镜成为20世纪后期科学家对微观物质结构和生命形式进行探索的强有力的工具。

　　20世纪30年代末,德国西门子公司和美国无线电公司等高科技公司,完善了电子透镜,将电子束聚集在真空腔内形成的电磁场或静电场中,从而达到放大物体的目的。1938年,可将照片放大3万倍的电子显微镜研制成功了。

207

电子显微镜在德国问世

随着技术的不断改进和提高，一种改进型，能将物体放大 150 万倍的电子显微镜问世了，这相当于把一个半径为 4 米的气球放大到地球那么大，或者将原子放大到一个馒头那么大，并且清晰可见。

第五章
"秘密情报"与原子弹

蒸汽机与火车制造

　　1814年,英国的斯蒂芬孙发明制造了新型的蒸汽机车。试车那天,斯蒂芬孙亲自驾驶火车进行表演,还邀请了一些"达官显贵"前来观摩。火车拖着沉重的货物,发出了呼呼的喘息声。虽然斯蒂芬孙的火车速度很快,可是,它发出了强烈的震动。

　　"放牛娃也能造火车,真是笑话。"

　　"用蒸汽机做交通工具是不可能的事,完全是瞎折腾!"

　　一时间,各种各样的议论如潮水般向斯蒂芬孙涌来。

　　斯蒂芬孙的父亲是一名煤矿蒸汽机的司炉工,母亲是一名普通的家庭妇女。他8岁那年就去给人放牛。可是,放牛的时候他也没有忘记自己的爱好,仍然用泥巴做成蒸汽机、锅炉、汽缸、飞轮……而且做得非常逼真;14岁那年,他当上了一名见习司炉工,利用清洗机器的机会,竟然把一台蒸汽机全部拆开,又重新组装起来,显示了他对机器制造的杰出天赋;后来他得知,英国人特列维蒂克制造出第一台蒸汽机车,可是由于速度太慢并且经常出轨,便灰心丧气地不再研究。还有,另一个英国人制造出的蒸汽机车慢得像一头牛,最多只能拉动十几千克的货物。正因为还没有人能够设计制造出实用的火车(蒸汽机车),他才下决心要研制一台这样的火车。

　　他开始仔细查找自己制造的火车存在的问题,并夜以继日地加以研究和逐一克服存在的问题:火车不是震得厉害吗? 不是怕温度太高引起锅炉破裂吗?炉膛里的煤不是燃烧得不充分吗?最终斯蒂芬孙想出了解决办法:给火车加上防震弹簧;把加入锅炉的冷水先进行预热处理;在汽缸里通上一个小小的管子,排出废气,使煤烟出得更顺畅……

　　1825年9月27日,斯蒂芬孙又要进行他的火车试车了,许多人闻声赶来,有的骑马,有的坐车,有的步行,络绎不绝的人流都向他试车的地方汇集。这一

次,斯蒂芬孙 的"旅行"号火车终于成功了,每小时行驶 24 千米,同时载了 450 个乘客和 6 节煤车。围观的人欢呼雀跃!

斯蒂芬孙在鲜花和荣誉面前没有止步,继续研究火车,不久,一台"火箭"号火车又呼呼地奔跑起来了……

斯蒂芬孙开辟了火车在陆上交通运输的新时代。

囚犯与降落伞

　　1638 年,意大利一个名叫拉文的人,因犯罪被关进监狱,成了一名囚犯。在监狱里,他忍受不了那种艰苦的生活,一直想越狱逃走。可是,他总找不到一个合适的办法,每当他看见那高达 20 米的围墙时,只有望而兴叹。

　　又是一个放风的日子,拉文心里想:"要趁这个机会观察一下地形。"于是,他装出若无其事的样子,沿着围墙溜达着。

　　真是功夫不负有心人,拉文终于找到了一个可以攀登的地方,并暗暗地做了记号。

　　回到牢房后,拉文再仔细地想一想,心一下子就凉了半截。

　　"那么高的围墙怎么爬上去?即使爬上去了,又怎么下去呢?从墙上跳下去,不摔死也会摔成残废。"

　　但是,拉文并没有死心,他还在想办法。

　　几天以后,他的母亲来探监,刚巧又下起了大雨,母亲年老记性差,竟忘记把雨伞带走了。

　　监狱的生活无聊而单调, 拉文竟然把母亲忘记带走的雨伞当成了取乐的"玩具",只要一有闲暇,便玩起雨伞来。他将雨伞打开,收起,收起再打开,反反复复,自得其乐。有一次,他将伞高举后,猛地往下一拉时,雨伞因受空气的阻力而变得沉重。他的眼前亮了一下:

　　"呀,真是天助我也,利用伞在空气中的阻力来跳墙,太好了。"拉文有了跳墙的办法,心里暗暗高兴,再也不愁度日如年了。为了成功跳跃高墙,他又怕伞不结实,便把床单撕破拧成了一根根绳子,一头系在伞骨的边缘,一头挂在手握的伞把上。

　　"好啦。"拉文作好准备工作后,长长地舒了口气。机会终于来了。那是一个风雨交加的夜晚,拉文躲开看守的视线,拿着准备好的伞,找到那个做了记号的地方,迅速地爬上了又高又陡的围墙,看看四周无人,便撑开伞,握紧带着十几根布绳的伞把,纵身跳了下去……

风呼呼地刮着,雨哗哗地下着。拉文靠伞吊着,飘飘荡荡地着了地,竟然没受一点儿伤。

"谢天谢地。"他兴奋不已,长长地松了一口气,准备离开。

"站住。"一个看守从天而降,大喝一声。

原来,他刚跑不远,就有人举报,所以没有跑成,又被看守抓了回去。一时间,拉文用雨伞吊着跳墙逃跑的消息,在社会上传开了。这件事给了人们启发,发明了降落伞,它主要由伞衣、引导伞、伞绳背带系统、开伞部件和伞包等部分组成,可以用来载人或者载物。

"门外汉"与机关枪

19世纪下半叶,美国的一些贵族把玩枪当做一种时尚,经常举行射击比赛,以显示自己的身份和兴趣的高雅。

有一次,电气机械发明家马克沁也带上步枪参加了比赛,但玩枪他是个"外行",不仅成绩不理想,没有拿上名次,肩膀还被震得青一块紫一块,疼痛难忍,"唉,这种枪玩起来不是个滋味,该想想办法改进改进了。"

马克沁是一个想到就要做到的人。从此,他对武器产生了浓厚的兴趣,开始翻阅相关的资料,琢磨起枪的制造来。

经过一段时间的努力,马克沁设计制造了一种自动化连发步枪,并向美国政府提出了专利申请。可是,美国专利局的人看了马克沁的自动步枪后,不屑一顾地摇了摇头,笑话他是个"门外汉":"还是搞你的机械发明吧,对枪一窍不通的人搞枪械发明,不是异想天开吗?"

马克沁的确对枪是"门外汉",就是在电气机械的制造上他也不是什么"科班出身"。他小时候家里很穷,只读到小学二年级,家里就拿不出供他上学的钱了,15岁就进了一家工厂当学徒工,是凭着自己一股强烈的求知欲结合实践,才在电气机械制造上有所建树的。

得不到美国专利局的认可,马克沁一气之下来到了英国伦敦,对自己设计的自动步枪进一步作了改进,使枪能完成开锁、退壳、送弹关闭等一系列的动作,实现了单管枪的自动连续射击。

1883年,马克沁设计制造的性能更加完善的新一代自动步枪问世了。

接着,马克沁决定对自己的步枪再进行改进。希望设计出一种射击速度更快、震动更小的自动步枪。于是,一种能把帆布弹带上的子弹推上膛的装置设计完成了,一个帆布弹能装250发子弹。可是,问题也很快暴露出来:快射一阵以后,枪膛里的温度特别高,连枪管都被烤红了,如果不把温度降下来的话,这种枪还是没有市场。勇于挑战的马克沁又开始了新一轮的研制。他把一些零件重新加工、组装，失败了就再试验，攻克了一个又一个难关……最后发明了世界上第一支机关枪：重 40 磅，每分钟连射 600 发子弹。

　　为了让更多的人接受他的"新产品"，他带着机关枪到各地表演，终于使许多武器专家对这种机关枪连续快速射击的性能有了一致的认可，也引起了一些国家的重视。至此，马克沁发明的机关枪在武器市场有了自己应有的位置。

跳动的阳光与镜式电报机

很久以前,英国学者威廉·汤姆生在铺设一条大西洋的海底电缆时,遇到了一个难题:电缆终端的电信号太弱,现有的电报机很难接收到。

汤姆生十分苦恼,他想:只有放大信号,才能解决大西洋海底电缆的这个关键问题。他整天苦思冥想,可是,好几个月过去了,仍然一筹莫展。

那是一个春天的早晨,阳光明媚,几个好朋友看着汤姆生愁眉苦脸的样子,约他到外面散散心,轻松一下。汤姆生二话没说,就跟朋友们一起出去了。

他们来到了大海边,看着一望无际的大海,汤姆生思绪万千。他多么想让海风吹去他心头的疲劳啊!

他们登上游艇,迎着海风,向大海深处开去……

也不知过了多长时间,大家忽然发现,汤姆生不见了。大家惊慌失措,找了半天,才发现,他正在船舱里聚精会神地画着设计图。

他又在思考他的海底电缆,朋友们也被他这种执著的精神深深地打动了。

"怎样才能让他走出困境,更好地休息呢?"大家你看看我,我望望你,也没有想出什么办法来。

这时,他们中有一个调皮的朋友,突然从口袋里取出一面小镜子,对着太阳,把阳光反射到汤姆生的脸上,只见灿烂的阳光在汤姆生的脸上不停地跳动着,照得他眼花缭乱,左右躲闪……

当阳光又一次照射到汤姆生的眼睛时,只见他猛地一下跳了起来,大叫一声:"我找到啦!"

接着,他一把夺过那面圆圆的小镜子,将那个调皮的朋友紧紧地拥在怀里,大家被他的举动惊呆了,心想:"他是不是神经出毛病啦?"

原来,汤姆生从镜子的反光中得到了启示。

他想:对着阳光的镜子,只要在手里稍微移动一点,哪怕只是一个很小的

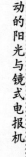

角度,远处的光点也会大幅度地跳动,这不就是一种放大吗?

此时,汤姆生的心早已飞到了他的实验室,他们立即将游艇开了回去。

根据这个放大原理,汤姆生很快就发明出了一种镜式电流电报机,这种高灵敏度的电报机,终于扫除了铺设海底电缆中最大的技术障碍。

这是人类通信史上一座新的里程碑。

发明航空母舰

飞机具有灵活、高速、居高临下等优势,因此在战争中发挥了巨大的威力。但飞机必须依靠机场起飞和降落。而战场,特别是海上战场,往往与机场相隔很远的距离,虽然几十、上百公里的距离飞机瞬间就能到达,但如果距离拉长到几千甚至上万公里,飞机也要飞行若干小时才能到达目的地,这对于时间就是生命的战争来说,往往会错失良机。于是,人们开始考虑建一个能移动的机场,以使战争,特别是海上战争爆发时,战争发生在哪里,机场便能跟随到距战场最近的地方。

建设一个机场必须具有相当大的占地面积,才能供飞机起飞和降落。这样,人们便将建设移动机场的着眼点放在了在大海中航行的军舰上。最早供飞机试着起飞的军舰是美国轻型巡洋舰"伯明翰"号。为了让飞机在起飞前有足够的滑行跑道,人们在舰首加了一条长 25.3 米、宽 7.3 米的木质跑道。1910 年 11 月 14 日,美国飞行员尤金·伊利驾驶着一架"柯蒂斯"双翼机,在"伯明翰"号军舰上徐徐滑行一段距离后,便顺利升空了。

飞机在军舰上降落比在军舰上起飞难度更大,因为飞机飞行时具有惯性,降落时,飞机需要一段很长的滑行距离才能稳稳地停下来。飞行员尤金·伊利决定做一次降落实验。

如何才能使飞机降落时缩短滑行距离呢?有关人员事先作了周密的考虑:在飞机的尾部设计了一个尾钩,在军舰的后甲板上铺设了一条 36 米长的木质跑道,跑道上每隔一米铺设一条绳索,绳索的两端各拴着一个大沙袋。当飞机俯冲降落到跑道上开始滑行时,尾钩钩住了跑道上的一个个沙袋,沙袋拉住了飞机,便使飞机稳稳地停了下来。

尤金·伊利第一次在军舰上成功降落的时间是 1911 年 1 月 18 日。试降是在排水量 13 680 吨的装甲巡洋舰"宾夕法尼亚"号上进行的。飞机在军舰上起

飞和降落的成功,表明利用舰载飞机参与作战是可能的,这意味着航空母舰雏形的诞生。从此,科学家们开始了航空母舰的研制。

最早的航空母舰是利用原有的军舰改造而成的。1914 年,英国海军拆除了几艘战列舰上的障碍物,利用战列舰来搭载飞机去攻击德国的库克斯港。1940年,日本专门研制了航空母舰上使用的飞机。到太平洋战争时期,日本已拥有10 艘每艘能载 80 架飞机的航空母舰。

航空母舰虽然具有强大的作战能力,但正如它的长处一样,它的弱点也是显而易见的,如目标太大,易遭敌方的攻击;由于舰上携带大量的航空汽油和弹药,在遭受攻击后很容易发生火灾和爆炸;造价昂贵,每艘约需 20 亿美元;建造周期过长,一般需五年至七年;作战时还须由多艘巡洋舰、驱逐舰、护卫舰等护航才能进行战斗。

响尾蛇与"响尾蛇"导弹

喜欢军事的小朋友都知道，在导弹家族，"响尾蛇"大名鼎鼎。只要天空中有飞机在飞行，"响尾蛇"导弹就能捕捉到飞机散发的热量，而后紧盯不放，直到把它炸毁……毋庸置疑，"响尾蛇"导弹是飞机的"克星"。

那么，"响尾蛇"导弹是怎么发明出来的呢？

原来，生物学家在研究响尾蛇时已经发现，响尾蛇这种动物的眼睛虽然退化到了几乎看不清物体的程度，可是，它却饿不死。只要小动物在它的面前活动，它依然能准确、迅速地捕捉到，即使像田鼠那样行动敏捷的动物也不例外。那么，它是怎样发现猎物的呢？专家们发现，响尾蛇的眼睛与鼻子之间有一个小颊窝，对周围的热源特别敏感，只要有 0.003% 的变化，它就能察觉出来，并能测定出热源的方位。

兵器专家受生物专家研究成果的启发想到，只要物体有一定的温度，不管温度有多高，都会向外界发射出一种看不见的红外线，而且，随着温度的高低不同，红外线的强弱也不同。利用响尾蛇根据物体发热来追踪猎物的原理，可以研究出一种导弹，专门来跟踪飞机。只要飞机的发动机在工作，就会发热，导弹就能准确地瞄准它，并紧紧地跟踪，直到炸毁它为止。

后来，经过一番努力，兵器专家终于研制出这种导弹，并取名为"响尾蛇"，这种导弹在现代化的空战中大显神威。

贝尔与电话机

美国发明家贝尔在一次实验中偶然发现,当电路接通或切断时,螺旋线圈就会发出轻微的沙沙声。于是,他就产生了一个想法:"既然空气能使薄膜振动发出声音,那么如果用电使薄膜振动,能不能使人的声音通过电流传送出去呢?"

为了研究这个问题,贝尔请来18岁的电学技师沃森一起合作设计。他们在一端的仪器前喊话,声音通过金属振动板振动,使线圈产生电流,电流沿着电线传送到另一端仪器上的线圈中,线圈产生磁力吸引振动板,振动板振动空气,从而发出声音。

又经过两年的时间,他制造出了一台样机。

1876年6月,贝尔他们架好电线,样机的一端在贝尔的实验室,电线穿过好几个房间,将另一端接到沃森的面前。贝尔在整理机器的时候,不小心把硫酸溅到了腿上,急得叫了起来:"沃森,快来呀,我需要你。"

沃森从电线另一端的样机里听到了呼叫声。他欣喜地跑到贝尔的实验室,互相拥抱,他们成功了!

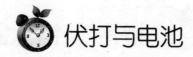# 伏打与电池

1793 年，盖尔瓦尼教授做了一个奇怪的实验。他用一种金属触在一只青蛙的筋肉上，再用另一种金属触在一只青蛙的神经上，当这两种金属接在一起的时候，青蛙就立即死去。

这一年，意大利人伏打在英国任巴维亚大学的物理教授，他也听到了这个有趣的实验。当时，对盖尔瓦尼教授的实验，许多人都认为，这种现象对医学研究可能有一定作用。但是，爱动脑子，学识广博的伏打教授认为这事不能这么简单地看待，可能与他研究的电学也有一些关系。

于是，他决定从"青蛙实验"中寻找电学的秘密。

在实验室里，伏打找来了一块锌板和一块铜板，并将一块与金箔静电计的内杆相连，再用另一块和外匣相连，然后将两块金属板重合一下，再立即取走和外匣相连的一块。

"好啦，如果与内杆相连的是锌板，这时就会由静电计测知锌板带正电；如果是铜板，就是带负电。"事实果然如此。

这样的实验，伏打又做了几百次，终于找到了物质相互接触产生的一系列电荷性质，并继续研究和改进，完成了伏打电池的发明创造。

人们为了纪念他，便把电学中的电位差单位叫做伏特。

在一般人看来，"青蛙实验"只不过有点儿奇怪罢了。可是伏打受到它的启发，进行了深层次的研究，产生了重大的发明创造。

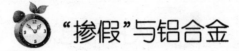

"掺假"与铝合金

第一次世界大战期间,法国前线的一位战士在休战的空隙晒太阳,突然,他大声地惊呼起来:"快看,那是什么怪鸟?"

原来,像一条大肚子鱼一样的东西,正在高空中向法军阵地慢慢飘来。

"快隐蔽,那是飞艇,德国人的飞艇!"一位对武器很有研究的技师惊慌地喊着。

他的话音刚落,那飞艇就投下了一颗又一颗炸弹。法国军官见状,立即命令炮兵向飞艇开炮。随着一阵猛烈的炮火,飞艇像一只断了翅膀的飞鸟,从空中栽了下来。

"这飞艇是用什么材料制造的?这么厉害,我们要好好研究研究。"法国军官拉着技师,走到了飞艇旁边。

技师把飞艇的残骸收集起来,送到军事研究部门进行专门研究。后来,法国的专家终于弄明白,这飞艇竟然使用了德国的科学家比卡尔·维尔姆刚刚发明的铝合金,所以飞艇才飞得那么高,那么轻盈!

那么,比卡尔·维尔姆又是怎样发明铝合金的呢?

早在十年前,德国军队就意识到钢铁制造的武器虽然坚固,可是太笨重,搬运起来很不方便,就让科学家比卡尔·维尔姆寻找一种比钢铁轻却像钢铁一样坚硬的东西来替代。这位科学家首先想到了铝,可是,铝太软,不坚硬。于是,他反复思考,决定在铝中"掺假"——在铝中掺进一些比较坚硬的金属。因此,他将一种又一种金属掺到了铝中,遗憾的是,他收获的是一次又一次失败。最后,他在铝中又掺进了铜和镁,然后像往常一样用铁锤进行敲打试验,发现一锤砸下去,"当"的一声,铁锤被弹了回来,而新材料上没有丝毫痕迹。

"哇,太棒了,多坚硬!"维尔姆兴奋异常地高呼起来,"铝合金诞生了,铝合金诞生了!"

经过估测，证实维尔姆发明的铝合金比原来的铝强度高 3 ~ 5 倍。可是，离制造武器的要求还有一段距离。不达目的不罢休的维尔姆又从铁匠铺那儿学来了为金属淬火的方法，终于使新的铝合金像钢铁一样坚硬，却又比钢铁轻。

从此，铝合金被广泛应用于飞机和飞艇制造。

"掺假"与铝合金

一次请客与钨铈电极

"她也能研究出新的电极材料?那是连外国专家都不敢想的事啊!"

"能研究出什么呢?不过是想出出风头罢了。"

"没什么了不起的,好高骛远的人都是这样。"

王菊珍要研究新型电极材料的事儿一传出,社会上各种各样的议论便纷纷四起。她却笑着对关心自己的朋友说:"让他们去说吧,我干我的。"

那么,王菊珍为什么要研究电极材料呢?电极材料又有什么作用呢?

原来,电极在工业生产中起着重要作用,是金属焊接、切割、熔炼离不开的"重要人物",而在 1985 年以前使用的电极材料都是钨钍合金。其中,钍是一种放射性很强的金属,对工人的身体会造成很大的危害,许许多多从事电极生产的技术工人,经过一段时间的劳动后就不得不离开工作岗位……

从事科研工作的王菊珍看在眼里,急在心里,下决心要研制出一种新产品来代替它。她对已经认识的 80 多种金属的特性进行了深入研究,一个个地试验、测定,终于找到了一种叫铈的金属,既没有放射污染,又能发射电子。

"好啦,再把它制成电极就成功了。"王菊珍在心里轻轻地舒了一口气。她指导技术人员把铈碾成金属粉末,然后把这些粉末压成坯条,最后放到高温炉里烧……

遗憾的是,这些坯条从高温炉里出来以后,没有一个是完整的,全部成了碎块,更不要说再用拉丝机来拉成电极用的长条了。

"为什么会这样呢?"王菊珍看着一块块碎块,痛苦地喃喃自语。可是,这些金属铈好像有意跟她过不去似的,一次次地煅烧,又一次次地失败……

王菊珍的研究陷入了困境,各种各样的冷嘲热讽再次向她袭来。

半年后,王菊珍的一位朋友请客,想让她轻松一下。在饭桌上,这位朋友告诉她,自己的三个孩子真是既可爱又调皮,都爱吃蒸米饭,但是,要求各不一样。

　　"我要吃硬一些的米饭。"老大说。

　　"我要吃软一些的米饭。"老二鼓着嘴巴说。

　　"我要吃不硬不软的米饭。"老三小声的嘀咕着。

　　"我们一家子总不能一顿煮三种饭呀。"这位朋友笑着说。

　　硬的？软的？王菊珍听了，心头一动：我总算找到啦——为什么不用钨大哥来带铈小妹呢！

　　就这样，王菊珍回到厂里立即投入了研制，终于发明了用钨铈合金做成的电极材料。1985年，王菊珍荣获了全国发明博览会金奖。后来，她发明的钨铈合金技术获取了美国、日本等国家的专利。

　　从此，钨铈合金电极技术从中国走向了世界。

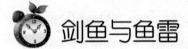

剑鱼与鱼雷

大海里有一种鱼,名叫剑鱼,速度极快,而且性情凶猛,发现猎物时会以迅雷不及掩耳之势冲过去,即使是小船,如果躲避不及,也会被它那股强大的冲击力撞得"人仰马翻"。

"能不能发明一种武器,像剑鱼一样,向敌人的潜艇冲过去,把它炸毁呢?"出生在英国的工程师罗伯特·怀特海德从剑鱼的身上受到启发,想研制一种水上使用的新武器。

这时候,奥匈帝国的海军部也找到了他,希望他能发明一种推式小艇,小艇上装炸弹,冲到敌人的军舰跟前就能立即爆炸,把敌人的军舰炸沉。怀特海德欣然接受了任务,开始按照奥匈帝国海军部的思路进行研制。

1868 年,他研制出一种水上自行推进的炸弹:长约 4.6 米,重约 135 千克,头部为尖圆形,里面装有炸药,中部呈圆柱形,装有发动机,尾部有水平舵和垂直舵。整个外形很像一条鱼,所以就给它起了个名字,叫"鱼雷"。鱼雷一旦发射,就能盯住目标快速游去,速度达到每分钟 200 米,像剑鱼那样发出巨大的冲击力,冲向敌艇,而后把敌艇炸毁。

怀特海德为自己成功制造出鱼雷而高兴,可是,一些海军武器专家看了以后,说:

"这算什么新武器?速度太慢了。"

"是啊,没什么大能耐,充其量是儿童玩具的新产品。"

吹毛求疵的专家们议论着,附和着。怀特海德听后,也感到很失望……

一晃几年过去了,不知不觉时间到了 1877 年的深秋。一天,土耳其舰队在黑海游荡,寻找机会准备给俄国舰队以致命打击。此时,一艘俄国军舰出现在他们的视野里,正当他们调整炮击距离,准备与俄国军舰决一死战的时候,突然发现一条青灰色的"鱼"向自己的军舰快速游来。

"瞧,这鱼还真不小呀,有四米多长吧。"前甲板上主炮的炮长得意地说,"好兆头,鱼都主动找上门来了。"

　　"不!你们这些笨蛋!那不是鱼,肯定是俄国人制造的一种新武器。"舰队司令拿着望远镜的手颤抖起来,"快,快闪开!"

　　可是,一切都来不及了,舰队司令的话音刚落,"鱼"就撞上了军舰……

　　鱼雷把土耳其军舰炸沉的消息公布后,专家们对怀特海德的发明才刮目相看,开始认真地研究起鱼雷来。从此以后,各种各样的鱼雷相继问世,像电动鱼雷、自导鱼雷等等逐步走上了自己的"岗位",在海战中扮演着重要角色。

剑鱼与鱼雷

 # 监测器上的亮点与雷达

1940年9月15日,希特勒命令500架战斗机对英国伦敦进行突然袭击,准备给英国以毁灭性的打击,希望一举击溃英国。想不到的是,德国飞机刚刚抵达英国领空,就遭受到英国空军的炮火拦截,185架飞机被击落,损失惨重。

为什么英军能早有准备,迎头痛击德军飞机呢?这多亏了英国空军的"千里眼"——雷达。

早在1935年,英国皇家无线电研究所所长沃特森就奉英国政府的命令,研制一种能够探测远距离飞机的装置。因为英国政府对德国希特勒侵吞欧洲大陆的野心已经了如指掌,不得不加强防御。沃特森深知肩上的重任,带领他的课题组日夜攻关,可是,进展并不像期望的那样大。

有一天,沃特森在调试监测仪器时突然发现,在荧光屏上有一连串亮点:"咦,哪里来的亮点儿?"沃特森迷惑不解地问起来。

助手们见了,也纷纷猜测起来:

"是不是显像装置坏了?"

"是不是周围有什么干扰,否则,亮点儿为什么会时而亮,又时而暗?"

于是,大伙儿仔细地检查了荧光屏,并没有发现显像装置有什么问题;接着,又关闭了附近电器的电源。可是那亮点儿仍然存在!

沃特森沉思着,紧皱眉头。

几天以后,沃特森又吩咐助手们把实验仪器搬得离大楼远一点儿,然后,再插上电源,一切按照原来的方法操作一遍。大家兴奋地发现,那一串亮点儿不见了。沃特森激动不已,这说明他研制的设备已经能够检测出被障碍物反射回来的无线电回波信号了,这和蝙蝠的口与耳能接收超声波是一样的道理。

"这说明,我们离成功只有一步之遥啦。"沃特森命令助手们把装置装在载重汽车上进行试验,同时,命令飞机从15公里以外的地方向载重汽车所在地飞来。

"15公里,14公里,13公里,12公里……"一位负责报告监测距离的助手话音未落,荧光屏上出现了一个耀眼的亮点。

"成功了!成功了!"沃特森和大家一起欢呼雀跃,互相祝贺,因为他们研制的雷达已经成功地接收到了回波信号。

"但是,12公里对我们的防御来说,还是无法准备充分,要知道,早一分钟发现敌情,就早一分钟争取主动。"沃特森要求大家加快研制更具实战效能的雷达,并带头深入研究。

半年后,沃特森研制的雷达终于攻克了许多难关,在荧光屏上就能读出飞机的高度和距离,即使飞机在80公里以外,雷达也能一眼"认出",为防卫与反击提供了必要的时间。至此,雷达进入了实战阶段,为保卫英国的领空作出了极大贡献。

监测器上的亮点与雷达

# 北斗星与指南针

指南针是利用可以转动的磁针制成的测定方向的仪器，是我国古代四大发明之一。

早在两千多年前，我们的祖先就发现了一种天然的、具有磁性的铁矿石。他们将铁矿石磨成磁石棒，然后用一根细绳吊起来，它的一头就指向南，另一头指向北。

"要是能制造成一个指示方向的工具该多好啊！"

"是啊，那样不论走到天涯海角，也不会迷失方向。"

聪明的祖先们突发奇想。

在长期的生活中，祖先们通过观察发现，天上的北斗星是给人们指示向北的方向的，奇怪的是，它的形状像一个大勺子。

232

祖先们因此而受到启发，他们模仿北斗星，把磁石也雕琢成勺子形，底部是圆形的，把它放在一个光滑的铜盘上。只要用手轻轻地转动一下勺柄，勺柄停下来所指的方向就是南方了。

这就是最早的指南针。

这种指南针在使用的过程中，还存在着许多缺点。经过不断改进，人们又把磁石磨成一根小小的磁针，然后，用一根小细棒顶在中间。这样不仅携带方便，而且辨别方向也非常准确。

指南针的发明，给航海、旅行、行军等带来了很大方便。

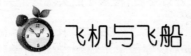# 飞机与飞船

1910 年 3 月 28 日,阳光灿烂,风平浪静,海边站满了看热闹的大人和孩子,甚至连一些官员都赶来了,围在海堤上,目不转睛地盯着停泊在大海上的一艘特殊的"船"。

"真奇怪呀。瞧,船身下面还有长长的浮筒呢!"

"这哪是什么船啊,分明是拖着浮筒的飞机。"

围观的人群中有人小声地议论着。

驾驶这条船的是个名叫费勃的法国人。他向观众们自信地笑了笑,然后启动了发动机,随着一阵轰鸣声,船就像离弦的箭一样向前冲去,水面上顿时划出了一道水波,像空中一闪而过的闪电。

"啊,成功啦!"

"飞起来啦,飞起来啦!"

人们狂呼着,岸上响起了欢庆的掌声。

费勃驾驶的船以每小时 60 公里的速度直线飞行,在空中飞行了 500 米左右,成为人类第一艘能够飞上天的船,或者说是第一架能够从水面上起飞的飞机。

那么,费勃是怎样设计制造出这样奇妙的船的呢?

费勃出生在地中海边的法国马赛市,爸爸是一位造船师。有一天,小费勃跟着爸爸来到海边游玩,看到远处的大海上驶来了一条船,便好奇地问:"爸爸,船为什么能在水里跑呀?"

"船下有螺旋桨,能够划动水,水动了,就把船推走啦。"爸爸乐呵呵地说。

"有没有在天上飞的船呢?"小费勃好奇问。

"傻孩子,那就不叫船啦,应该叫飞机才对。不过,飞机只能在天上飞,不能在水上跑。"

"嘿,长大了,我一定要造一艘能飞到天上的船。"小费勃握紧了拳头。

"好啊,有出息,现在好好学习,将来才能实现这个美好的愿望。"爸爸欣慰地拍了拍小费勃的肩头。

长大成人以后,费勃先后完成了工程学、流体力学、空气动力学等学科的学习,真正开始了飞船的制造。经过四年的奋斗,他造出了第一艘水上"飞船",其实就是在一般的飞机下安装三个浮筒,使飞机能浮起来,但是无法飞起来。直到1909年,他才造出一艘与众不同的"船":机身前面是一个浮筒,机翼下面还有两个浮筒;机翼安装在机身的后面。整个"船"的构架是木头做成的,浮筒是胶合板制成的,整个"船"既轻巧又灵便。

费勃的"飞船"试飞成功后的第二年,在摩纳哥举行的船舶展览会上,他驾驶着自己制造的船进行水上飞行表演,再获成功。现在,科学家对费勃设计的水上飞船进行了改进,把机身改成了船形,取消了浮筒,成为真正的"飞船"。

鸟与直升机

　　飞机能像小鸟一样起落自如吗?15世纪,大画家达·芬奇常常这样想,而且画出了这样的飞机——机翼能够上下扑动,螺旋桨快速地旋转……

　　可惜,他只是画画而已,并没有付诸行动。法国工程师保罗·科努才是第一个制造出直升机的人。

　　科努小时候就非常热爱科技发明,尤其对莱特兄弟的飞行器研究特别感兴趣,希望有一天也能够像他们兄弟那样设计出自己的"飞行器",像鸟一样在蔚蓝的天空张开翅膀自由飞翔。长大以后,科努全身心地投入到了飞机的研制工作中,苦苦追寻着自己蔚蓝色的飞天梦。

　　他先设计出了飞机的两副旋翼,又在旋翼上安装了桨叶,再用钢管做成飞机的主构架,而后安装发动机、水箱、油箱等,直到1907年8月,他的直升机才制造好。当他望着自己的杰作长长地舒了一口气的时候,法国科学家布雷盖和李歇也研制出了一架直升机。

　　科努看到自己的直升机还没有真正地飞上蓝天,别人的飞机已研制出来,心里真不是滋味,多年的努力将前功尽弃。因为发明创造一旦落在了别人的后面,就没有什么价值可言了。

　　可是,1907年9月29日,布雷盖和李歇在法国杜埃市进行试飞表演时,这架直升机要四个人站在四只巨大的机翼下用长杆撑着,否则,飞机会翻倒。所以,人们并不承认这是世界上第一架直升机,因为这架飞机飞上天是在人的帮助下完成的。

　　科努终于有了一个新机遇。

　　他立即抓紧时间对自己设计的飞机重新改进,一个部件一个部件地加工、制作、安装、调试……直到一个多月后的1907年11月13日。他选择了一个晴朗的日子,像布雷盖和李歇那样进行了试飞表演。他坐在飞机里,亲自驾驶,随

鸟与直升机

着隆隆的轰鸣声,飞机终于渐渐地离开了地面……

科努的飞机虽然只飞离地面 0.3 米,飞行时间也仅有 20 秒,但是,人类第一架直升机诞生了。

"秘密情报"与原子弹

　　1939 年,获得了诺贝尔物理学奖的意大利科学家费米来到了美国,并得到了一份"秘密情报":德国化学家奥托·哈恩和施特拉斯曼正在进行核裂变实验。这一消息让费米惊讶不已,他深知核裂变可怕的威力,立即组织有关人员投入了研究。经过科学测定,1 克铀所产生的能量,相当于燃烧 3 吨煤和 200 公斤汽油产生的能量。换句话说,把这种能量用在军事上,1 克铀所具有的杀伤力相当于 20 吨 TNT 炸药。

　　"如果让德国的希特勒抢在前面研究出核武器,那将是全人类的灾难啊!"费米想到这儿,决定告诉美国政府,设法尽快制造出原子弹,避免灾难的发生。他把这一想法秘密告诉了美国的科学家西拉德,希望他能够想办法通知美国政府。西拉德也深知核裂变的厉害,一旦被"杀人魔王"掌握在手中,后果不堪设想。

　　西拉德立即把这一重要情报告诉了大名鼎鼎的科学家爱因斯坦。对此,爱因斯坦也表示了极大的担忧,他提笔给当时的美国总统罗斯福写了一封信,指出了核裂变的巨大威力以及可能造成的严重后果。写完信,他松了口气,又将信交给了总统的密友、金融家萨克斯,希望他能找到适合的时机向总统陈述其利弊。

　　萨克斯没有辜负他们的希望,向总统罗斯福反复劝说,可是没有一点儿效果。最后他忽然想到了一个故事,便笑着说:"总统,我想讲一个历史故事,您大概不会不爱听吧。"接着,萨克斯巧妙地告诉罗斯福,法国拿破仑由于不重视富尔敦发明的蒸汽机军舰,使他丢失了横渡英吉利海峡征服英国的机会。假如他能够重视科技成果的话,也许历史会重新改写……

　　经过一番深思熟虑以后,罗斯福总统决定采纳费米、爱因斯坦等科学家的意见,下令成立代号为"S-11"的特别委员会。立即进行原子弹的研究制造。

1942 年,美国政府正式制订了研制原子弹的"曼哈顿计划"。费米等一大批科学家投入了紧张的工作,对原来小规模的铀裂变反应进行更进一步的研究。稍后,物理学家奥本海默在美国的一个大沙漠里秘密组建了一个庞大的原子弹试验基地。

第一颗原子弹"瘦子"爆炸了。蘑菇云升到了万米高空,爆炸点周围 700 米的沙漠表面被炙热的火焰熔成了一片玻璃体,闪光照亮了 16 公里以外的山脉……

世界上第一颗原子弹爆炸成功。

海底深处的信号与水下探索仪

那是 1926 年夏天的一个早晨，一艘法国轮船正在大海上静静地航行着。不一会儿，船就航行到深海里。

这时，船上用来探测海底深度的探索仪上，反复出现一种奇怪的信号。

"这是怎么回事呢?"船上的几名技术人员都感到莫名其妙。

他们立即将这种情况报告给船长，船长也是第一次遇到这种情况，觉得非常奇怪。

"是不是一群鳕鱼反射出来的回音信号呢?"船上的几名技术人员一致这样认为的。

"声音既然在海洋里碰到海底会反射折回，那么，当声音碰到海洋里的生物群时，也会反射回来。"这一偶然的发现，使他们受到了启发。

回国后，他们的这一想法立即引起有关人员的思考，并开始对声波在水中的传播进行研究，同时，设计出各种水下探索仪。

在茫茫大海中，有了水下探索仪，渔船就能准确地发现和跟踪鱼群，有的放矢地进行捕鱼。

法国渔船一个偶然的发现，给科学家带来了启示，发明了水下探索仪。

这个发现，给渔民带来了极大的方便，同时，也大大促进了海洋捕捞业的发展。

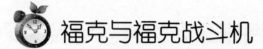

福克与福克战斗机

　　我们都知道,现代化的战斗机不仅能向地面投掷威力巨大的原子弹,还能向千里之外发射远程导弹。可是,在第一次世界大战初期,飞机虽然也参加了战斗,但能完成的任务只是空中侦察或校正炮兵射击的位置。

　　那时候,交战双方的飞机在空中相遇时,飞行员只是在空中怒目而视,或挥拳示威。后来,有的飞行员觉得仅仅这样还不解恨,就在飞机的尾部装上一条带着重锤的钢索,当敌人的飞机飞近时,就把钢索扔向对方飞机的螺旋桨,缠住旋转的螺旋桨,使飞机无法飞行;或者在飞机的下部安上一个系着钢索的"抓钩",抓钩上还系着雷管,当敌人的飞机飞近时就突然抛出抓钩钩住敌人的飞机,然后让雷管爆炸来炸毁敌人的飞机,甚至还向敌人的飞机投掷石头之类的东西……

　　那么,是谁发明了真正意义上的战斗机呢?是德国的发明家福克。

　　1915 年 2 月的一天,德国与法国进行了一次空战,想不到法国飞机突然从螺旋桨里喷出了一串子弹。这让德国飞机专家大为惊讶:难道法国发明了新的战斗机?可是,从螺旋桨里喷出来的子弹并没有太大威力。后来,一架法国飞机因燃料耗尽,落在了德国的阵地上,成了德军的"战利品"。德国的飞机制造专家福克立即对这架飞机进行了研究。

　　福克是一位优秀的发明家,他对这架飞机产生了极大的兴趣。在对飞机各个部件进行深入的研究后发现,法国的飞机虽然能从螺旋桨里射出子弹,可是这种射击方式很不安全,射在螺旋桨叶片上的子弹会反弹回来,把飞行员或飞机打伤。

　　"能不能发明一种更安全、更科学的战斗机呢?"福克看着飞机,陷入了沉思……

　　经过一番精确的计算,福克发明了一种能与螺旋桨同步射击的装置。当螺旋桨和机枪处于一条直线时,机枪就自动停止射击,子弹便不会打在螺旋桨的叶片上。这样,大大地提高了射击的安全性和科学性,也提高了命中率。于是,真正的战斗机在福克的手里诞生了。

据统计,在第一次世界大战中,协约国被德国击落 8 400 架战斗机,其中 80%是被福克战斗机击落的,福克战斗机显示了巨大的威力。

福克与福克战斗机

滚动的原木与自行车

你知道自行车是谁发明的吗?他既不是科学家,也不是工程师,而是德国的一个守林人,名叫德莱士。

1813 年,德莱士在一片林区当守林员。他长年累月在茫茫林区奔走,风餐露宿,非常辛苦。

有一天,他在森林里走累了,就坐在一根被伐倒的原木上休息,嘴里哼着歌,两眼望着天空,唱着,唱着,身子情不自禁地前后晃动起来。就这样,唱着,晃动着,晃动着,唱着,屁股下的那根原木便随着他身子的晃动而来回地滚动……

此刻,一个奇怪的念头在他的脑海里盘旋着:要是利用滚动的原理,制造一辆车子,那该多好啊!

晚上,德莱士躺在床上久久不能入睡,那滚动着的木头,还在他的脑海里不停地转动着……

于是,他翻身下床,找来一些木头,动手研制起这种滚动式的车子。

没几天,他就制造了一辆车子:一部木架,木架中间有一个座椅,座椅前安上一个把手,木架的下面有两个一前一后的轮子。

他非常高兴,坐着这个带轮子的木架车子在大路上奔跑着。

只见他手扶着把手,两脚不停地蹬地,像划船一样。这样,脚不停地蹬动,车轮就跟着飞快地滚动起来。下坡时,更是省劲,脚不用蹬地,车子照样往前跑。

这种车子速度非常快,能和十八九岁的年轻人赛跑呢。

德莱士将这种车子命名为"奔跑机",这就是世界上第一辆自行车。

炼丹与火药

　　火药是我国古代四大发明之一，它是怎样被发明的呢？这里还有一段有趣的故事呢。

　　那是发生在西汉时期的事情，当时的皇帝汉武帝一心想长生不老，常常将文武大臣召集在一起，为他出谋划策。

　　这一天，他又召来所有的大臣，商讨这件事情。其中一个名叫李少君的大臣提议说："陛下，听说有一种仙丹，人吃了以后，就能长命百岁。"

　　"是吗？太好了！"汉武帝听了这个消息，如获至宝，别提多高兴啦，"从明天开始，全国的方士都行动起来，开始炼制仙丹。"汉武帝立即传下命令。

　　于是，炼丹术便盛行起来。

　　炼丹的主要原料是硫黄、硝石和木炭，里面还含有毒性很强的水银。因此，在炼丹时一定要时刻注意，否则就会发生爆炸。方士被炸伤的事时有发生。

　　有一天夜里，一个守在炼丹炉旁的方士，因过度疲劳，不知不觉睡着了。他做了一个又一个噩梦，当他从梦中惊醒的时候，发现烟火四射、火光冲天，于是，便狂呼乱叫起来：

　　"来人啦，发生火药事故啦！"

　　"火药"一词，便是由此而来的。

　　一些军事家听说了爆炸的事情，产生了浓厚兴趣，并对火药进行了深入研究。他们模仿方士的做法，严格控制硝石、硫黄和木炭的比例，制成了世界上最早的黑色火药，使其在军事、开山、采矿等方面有了广泛应用。

夜蛾与隐形战斗机

1989 年 12 月,入侵巴拿马的美国隐形战斗机从本土起飞,轻而易举地避开了巴拿马防空的雷达监测,突袭了奥阿托,许多巴拿马士兵还在梦中就成了美国的"炮灰"。随后,美国伞兵立即占领了这一军事要塞。

1991 年,海湾战争爆发,美国再次出动了隐形战斗机,悄然越过伊拉克的雷达监测,对其境内的 80 多个重要军事目标进行了突然袭击……

在现代空战中,隐形战斗机发挥了重要作用。

那么,美国人是怎么想到要发明隐形战斗机的呢?

原来,在电子对抗技术高度发达的今天,雷达、红外线、激光制导等技术,对飞机构成了致命的威胁,飞机还没有起飞,对方就知道飞机即将"光临",于是,各种火炮或拦截飞机的武器已经严阵以待了。

"一定要研制一种让对方看不见的飞机,也就是雷达无法发现的飞机。"美国国防部向科研机构下达了命令。

"可是,怎么才能制造出敌人不容易发现的飞机呢?"科研机构陷入了困境。

负责这项工作的总工程师从研究雷达入手,想先找到对付雷达的办法。他知道,雷达是受蝙蝠超声波的启发才发明出来的,那么,生活在夜幕下的夜蛾,为什么能巧妙地避开蝙蝠的追踪呢?经过查阅资料,他知道原来是因为夜蛾的身上有种感觉绒毛,它能避开蝙蝠的"回波"。他想,我们就是要研制这种隐形战斗机,像夜蛾避开蝙蝠超声波一样,避开雷达。

要想避开雷达,就要避开回波。这是关键。

于是,代号"臭鼬工程"的研究开始启动。在国防部门高度保密的状态下,美国军方决定先从外形上入手,改变现有飞机的外形,以减少回波的强度。

他们把飞机的机头由钝头形改为尖锥形,将座舱与机身融合。同时,去掉外挂武器、吊舱和副箱等外挂物,这样,整个飞机的造型就像一只宽大的黑色蝙蝠,尾翼呈燕尾形。

"这样仅仅改变外形是不够的。"总工程师说,"还有,要把射到飞机上的雷达波吸收掉。"

按照总工程师的要求,他们又在飞机的身上涂了一层"吸波材料",让照射到飞机身上的雷达波转化成热能散失掉,这就像夜蛾身上的"感觉绒毛"。

按照这个要求和创意,美国的武器制造机构立即开始设计和制作。1981 年 6 月,第一架隐形机试飞成功;通过试飞,美国军事研究机构又不断地改造这种飞机。直到 1990 年 7 月,共有 59 架隐形战斗机交付美国空军使用。

至此,隐形战斗机从设想变成了现实。

夜蛾与隐形战斗机

"陆地巡洋舰"与坦克

第一次世界大战初期，人们在防御时已经学会在前沿阵地构筑大量的碉堡和堑壕了，这给进攻造成了重大的伤亡。这让军事专家非常头疼：能不能制造出一种既能攻击又有防守能力的武器呢？

有一天，英国的一位将军向政府建议，在履带式拖拉机上裹上钢铁外衣，再装上枪炮，这不就能攻能防了吗？这一建议得到了当时的海军大臣丘吉尔的重视。1915 年，丘吉尔下令海军部秘密研制这种新式武器。

海军的专家们认为，海里的巡洋舰是最有威力的武器，要研制的新式武器就应该像巡洋舰一样。于是，这种新式武器就叫"陆地巡洋舰"。同时，也按照巡洋舰的样子设计出了图纸：全长 30 米，宽 24 米，高约 12 米，自身重量达到了 1万多吨，用来防御的钢板厚度达到 8 厘米；为了进攻，又安装了 2 门大炮、12 挺机枪，可以装 300 发炮弹、6 万发普通子弹。

"从防和攻这两方面看，这两种性能它都具有。我们可以按照图纸进行制造了吧？"设计总工程师向海军制造局的局长作了汇报。

"我的工程师呀，你想想看，这家伙有 4 层楼那么高，5 条鲸鱼那么重，在陆地上作战目标不大吗？使用方便吗？"制造局长摇了摇头，"一定要从实战出发，设计要再精、再小。"

海军制造局否定了工程师的设计。专家们几个月的辛苦劳动一下子付诸东流了。

不久，这批工程师又拿出了一套新方案，将陆地巡洋舰设计成一个斜方形铁盒子，长 8 米多，宽 4 米多，高 3 米多，但是防御用的钢板厚度并没有减少，一般都在 5~10 厘米；为了加强进攻力量，火炮没有少，只是机枪变成了 4 挺。这一设计方案很快获得通过。

1916 年 1 月 30 日，这种新式武器在林肯城的一家机械制造厂问世了。

可是,这种新武器叫什么名字呢?要是用陆地巡洋舰这一名称,容易暴露它的用途和特征,敌人很快就会从海上巡洋舰获得它的相关的资料并制造出来。最后,负责制造这种武器的总工程师提出了三个名字供大家选择:储水池、储藏器、水箱。经过商议,大家同意用水箱这个名字(坦克的外形也像水箱)。在英语中,"坦克(tank)"就是"水箱"的意思。

1916 年 9 月,英法联军与德军在法国的松姆河地区打得难解难分,德军凭借碉堡和有利地形始终坚守着阵地。英法联军派出了新制造的坦克参战,德军从来没看过这种黑色"怪物"——子弹打不进去,而且两边还射出炮弹,德军纷纷溃败下来。这样,英法联军两个小时就突破了德军防线。

坦克从此一举成名!

水灾与赵州桥

我们到河北赵县旅游时，看到那座气魄雄伟的赵州桥经历了 1 400 多年的风雨，仍巍然屹立在滔滔的河水之上，就会情不自禁地想起它的设计者李春。

我国的古代，赵州是南北交通要道，但是城南的一条大河严重影响了人们的出行，特别是春夏季节，大雨滂沱，波涛汹涌，人们只能望河兴叹……

当地的官府多次想在这里修座桥，并曾组织一些工匠在这里修建，可是，没有一个能完成的，因为河面太宽，每年只能趁秋冬的干旱季节施工。可是，等桥墩修好了，春天的一场大水就把桥墩冲得无影无踪。这让官府很头疼。这时，有人推荐当时著名的工匠李春来完成这个工程。

面对这个棘手的工程，李春没有退缩，没有畏惧。他想：这才是考验自己的时候呢。

李春来到赵州的第二天，就到现场进行考察和调研，走访当地的老百姓，了解汛情和水流特点，收集了建桥的第一手资料。同时，他广泛听取当地建桥工匠的建议，分析他们在建桥上的心得——成功的经验与失败的教训。

"河这么宽，河水又这么急，在这上面建桥不是容易的事啊！"有一天，李春把当地的一些能工巧匠找到了一起，笑着说，"各位能不能为李某想想办法呢？"

"想办法？有什么办法可想？"

"有办法还用请你吗？"

"怎么？你也被难倒啦？"

大家在七嘴八舌地议论，时间在一分一秒地消逝。李春清了清嗓子，大声说："依我看，在这儿建桥必须建没有桥墩的桥。"

"对，建没有桥墩的桥。"

"是啊,我们怎么就没想到。"

一石激起千层浪,工匠们齐声附和着。

李春说出了自己通过调研得来的想法,因为这儿水太急,河又太宽,最好是建一座没有桥墩的拱形石桥,把两头架在岸上。

可是,也有人好心地向李春提出建议:"桥那么重,不建桥墩,能承受得住吗?要是受不住,造好的桥也会塌掉的。"

李春听了,又陷入了沉思。

"能不能承受得住,最好的办法是试一试,这样才能知道。"有一天,李春找来几个人扛来几块大石头,把它们一块块地垒在河边,看看到底塌不塌。

几天以后,巨石一点儿也没有塌陷的迹象。事实证明,李春的办法是可靠的。

"太好了,这河岸的土质结实耐压,完全可以承受桥身的重量。想想看,附近的房子也是不打地基的呀!"李春的话让工匠恍然大悟。随后,李春设计了桥的施工图纸,并亲自指挥建设,终于建成了赵州桥。

赵州桥跨度有 37.02 米,是当时世界上跨度最大的单孔石拱桥。

水灾与赵州桥

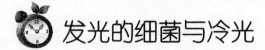

发光的细菌与冷光

17世纪,英国有位科学家叫波义耳。他对那些会发光的细菌特别感兴趣,并作了细致的研究。

他把许多会发光的细菌装在一个瓶子里,结果发现:

这些细菌发出的光,居然把整个屋子都照亮了,并且这种光一点儿热量也没有。

"要是用它来照明,那该多好啊!"

"蜡烛没有空气就不能燃烧,那么细菌发光会不会也和周围的环境有关呢?"波义耳在心里想。

于是,他就做了一个实验:用气泵将瓶子里的空气一点点儿地往外抽。结果发现,这些细菌发出的光亮越来越暗,最后,一点儿光亮也没有了。

"细菌发光难道也与空气有关系?"波义耳自言自语道。

波义耳又把空气慢慢地灌进瓶子,结果细菌又亮了起来。

实验表明:细菌发光同样离不开空气。

波义耳感到异常高兴。

他还发现,在发光的细菌上面,有一种特殊的物质——荧光素,这种荧光素在荧光酶的催化作用下,与空气里的氧气结合,就能发出一种光,而且这种光的最大特点是:不会产生热量。

人们根据波义耳的这个发现,用化学的方法制造出了一种新的光源——冷光。冷光为人类提供了最安全的照明方式,在开山采石、化工制药等领域得到广泛应用。